Commentarii de Bello Civili

COMMENTARII DE BELLO CIVILI

Latin Text

by

Julius Caesar

First published in c. 40 BC.
Republished 2016 by Cavalier Classics.

LIBRI

LIBER I 1

LIBER II 48

LIBER III 75

LIBER I

[1]

Litteris C. Caesaris consulibus redditis aegre ab his impetratum est summa tribunorum plebis contentione, ut in senatu recitarentur; ut vero ex litteris ad senatum referretur, impetrari non potuit. Referunt consules de re publica [in civitate]. [Incitat] L. Lentulus consul senatu rei publicae se non defuturum pollicetur, si audacter ac fortiter sententias dicere velint; sin Caesarem respiciant atque eius gratiam sequantur, ut superioribus fecerint temporibus, se sibi consilium capturum neque senatus auctoritati obtemperaturum: habere se quoque ad Caesaris gratiam atque amicitiam receptum. In eandem sententiam loquitur Scipio: Pompeio esse in animo rei publicae non deesse, si senatus sequatur; si cunctetur atque agat lenius, nequiquam eius auxilium, si postea velit, senatum imploraturum.

[2]

Haec Scipionis oratio, quod senatus in urbe habebatur Pompeiusque aberat, ex ipsius ore Pompei mitti videbatur. Dixerat aliquis leniorem sententiam, ut primo M. Marcellus, ingressus in eam orationem, non oportere ante de ea re ad senatum referri, quam dilectus tota Italia habiti et exercitus conscripti essent, quo praesidio tuto et libere senatus, quae vellet, decernere auderet; ut M. Calidius, qui censebat, ut Pompeius in suas provincias proficisceretur, ne qua esset armorum causa: timere Caesarem ereptis ab eo duabus legionibus, ne ad eius periculum reservare et retinere eas ad urbem Pompeius videretur; ut M. Rufus, qui sententiam Calidii paucis fere mutatis rebus sequebatur. Hi omnes convicio L. Lentuli consulis correpti exagitabantur. Lentulus sententiam Calidii pronuntiaturum se omnino negavit. Marcellus perterritus conviciis a sua sententia discessit. Sic vocibus consulis, terrore praesentis exercitus, minis amicorum Pompei plerique compulsi inviti et coacti Scipionis sententiam sequuntur: uti ante certam diem Caesar exercitum dimittat; si non faciat, eum adversus rem publicam facturum videri. Intercedit M. Antonius, Q. Cassius, tribuni plebis. Refertur confestim de intercessione tribunorum. Dicuntur sententiae graves; ut quisque acerbissime crudelissimeque dixit, ita quam maxime ab inimicis Caesaris collaudatur.

[3]

Misso ad vesperum senatu omnes, qui sunt eius ordinis, a Pompeio evocantur. Laudat promptos Pompeius atque in posterum confirmat, segniores castigat atque incitat. Multi undique ex veteribus Pompei exercitibus spe praemiorum atque ordinum evocantur, multi ex duabus legionibus, quae sunt traditae a Caesare, arcessuntur. Completur urbs et ipsum comitium tribunis, centurionibus, evocatis. Omnes amici consulum, necessarii Pompei atque eorum, qui veteres inimicitias cum Caesare gerebant, in senatum coguntur; quorum vocibus et concursu terrentur infirmiores, dubii confirmantur, plerisque vero libere decernendi potestas eripitur. Pollicetur L. Piso censor sese iturum ad Caesarem, item L. Roscius praetor, qui de his rebus eum doceant: sex dies ad eam rem conficiendam spatii postulant. Dicuntur etiam ab nonnullis sententiae, ut legati ad Caesarem mittantur, qui voluntatem senatus ei proponant.

[4]

Omnibus his resistitur, omnibusque oratio consulis, Scipionis, Catonis opponitur. Catonem veteres inimicitiae

Caesaris incitant et dolor repulsae. Lentulus aeris alieni magnitudine et spe exercitus ac provinciarum et regum appellandorum largitionibus movetur, seque alterum fore Sullam inter suos gloriatur, ad quem summa imperii redeat. Scipionem eadem spes provinciae atque exercituum impellit, quos se pro necessitudine partiturum cum Pompeio arbitratur, simul iudiciorum metus, adulatio atque ostentatio sui et potentium, qui in re publica iudiciisque tum plurimum pollebant. Ipse Pompeius, ab inimicis Caesaris incitatus, et quod neminem dignitate secum exaequari volebat, totum se ab eius amicitia averterat et cum communibus inimicis in gratiam redierat, quorum ipse maximam partem illo affinitatis tempore iniunxerat Caesari; simul infamia duarum legionum permotus, quas ab itinere Asiae Syriaeque ad suam potentiam dominatumque converterat, rem ad arma deduci studebat.

[5]

His de causis aguntur omnia raptim atque turbate. Nec docendi Caesaris propinquis eius spatium datur, nec tribunis plebis sui periculi deprecandi neque etiam extremi iuris intercessione retinendi, quod L. Sulla reliquerat, facultas tribuitur, sed de sua salute septimo die cogitare coguntur, quod illi turbulentissimi superioribus temporibus tribuni plebis octavo denique mense suarum actionum respicere ac timere consuerant. Decurritur ad illud extremum atque ultimum senatus consultum, quo nisi paene in ipso urbis incendio atque in desperatione omnium salutis sceleratorum audacia numquam ante descensum est: dent operam consules, praetores, tribuni plebis, quique pro consulibus sint ad urbem, ne quid res publica detrimenti capiat. Haec senatusconsulto perscribuntur a.d. VII Id. Ian. Itaque V primis diebus, quibus haberi senatus potuit, qua ex die consulatum iniit Lentulus, biduo excepto comitiali et de imperio Caesaris et de amplissimis viris, tribunis plebis, gravissime acerbissimeque decernitur. Profugiunt statim ex urbe tribuni plebis seseque ad Caesarem conferunt. Is eo tempore erat Ravennae exspectabatque suis lenissimis postulatis responsa, si qua hominum aequitate res ad otium deduci posset.

[6]

Proximis diebus habetur extra urbem senatus. Pompeius eadem illa, quae per Scipionem ostenderat agit; senatus virtutem constantiamque collaudat; copias suas exponit; legiones habere sese paratas X; praeterea cognitum compertumque sibi alieno esse animo in Caesarem milites neque eis posse persuaderi, uti eum defendant aut sequantur. Statim de reliquis rebus ad senatum refertur: tota Italia delectus habeatur; Faustus Sulla propere in Mauretaniam mittatur; pecunia uti ex aerario Pompeio detur. Refertur etiam de rege Iuba, ut socius sit atque amicus; Marcellus vero passurum se in praesentia negat. De Fausto impedit Philippus, tribunus plebis. De reliquis rebus senatusconsulta perscribuntur. Provinciae privatis decernuntur duae consulares, reliquae praetoriae. Scipioni obvenit Syria, L. Domitio Gallia; Philippus et Cotta privato consilio praetereuntur, neque eorum sortes deiciuntur. In reliquas provincias praetores mittuntur. Neque exspectant, quod superioribus annis acciderat, ut de eorum imperio ad populum feratur paludatique votis nuncupatis exeant. Consules, quod ante id tempus accidit nunquam, ex urbe proficiscuntur, lictoresque habent in urbe et Capitolio privati contra omnia vetustatis exempla. Tota Italia delectus habentur, arma imperantur; pecuniae a municipiis exiguntur, e fanis tolluntur: omnia divina humanaque iura permiscentur.

[7]

Quibus rebus cognitis Caesar apud milites contionatur. Omnium temporum iniurias inimicorum in se commemorat; a quibus deductum ac depravatum Pompeium queritur invidia atque obtrectatione laudis suae, cuius ipse honori et dignitati semper faverit adiutorque fuerit. Novum in re publica introductum exemplum queritur, ut tribunicia intercessio armis notaretur atque opprimeretur, quae superioribus annis armis esset restituta. Sullam nudata omnibus rebus tribunicia potestate tamen intercessionem liberam reliquisse. Pompeium, qui amissa restituisse videatur, dona etiam, quae ante habuerint, ademisse. Quotienscumque sit decretum, darent operam magistratus, ne quid res publica detrimenti caperet (qua voce et quo senatus consulto populus Romanus ad arma sit vocatus), factum in perniciosis legibus, in vi tribunicia, in secessione populi templis locisque editioribus occupatis: atque haec superioris aetatis exempla expiata Saturnini atque Gracchorum casibus docet; quarum rerum illo tempore nihil factum, ne cogitatum quidem. nulla lex promulgata, non cum populo agi coeptum, nulla secessio facta. Hortatur, cuius imperatoris ductu VIIII annis rem publicam felicissime gesserint plurimaque proelia secunda fecerint, omnem Galliam Germaniamque pacaverint, ut eius existimationem dignitatemque ab inimicis defendant. Conclamant legionis XIII, quae aderat, milites — hanc enim initio tumultus evocaverat, reliquae nondum convenerant — sese paratos esse imperatoris sui tribunorumque plebis iniurias defendere.

[8]

Cognita militum voluntate Ariminum cum ea legione proficiscitur ibique tribunos plebis, qui ad eum profugerant, convenit; reliquas legiones ex hibernis evocat et subsequi iubet. Eo L. Caesar adulescens venit, cuius pater Caesaris erat legatus. Is reliquo sermone confecto, cuius rei causa venerat, habere se a Pompeio ad eum privati officii mandata demonstrat: velle Pompeium se Caesari purgatum, ne ea, quae rei publicae causa egerit, in suam contumeliam vertat. Semper se rei publicae commoda privatis necessitudinibus habuisse potiora. Caesarem quoque pro sua dignitate debere et studium et iracundiam suam rei publicae dimittere neque adeo graviter irasci inimicis, ut, cum illis nocere se speret, rei publicae noceat. Pauca eiusdem generis addit cum excusatione Pompei coniuncta. Eadem fere atque eisdem verbis praetor Roscius agit cum Caesare sibique Pompeium commemorasse demonstrat.

[9]

Quae res etsi nihil ad levandas iniurias pertinere videbantur, tamen idoneos nactus homines, per quos ea, quae vellet, ad eum perferrentur, petit ab utroque, quoniam Pompei mandata ad se detulerint, ne graventur sua quoque ad eum postulata deferre, si parvo labore magnas controversias tollere atque omnem Italiam metu liberare possint. Sibi semper primam rei publicae fuisse dignitatem vitaque potiorem. Doluisse se, quod populi Romani beneficium sibi per contumeliam ab inimicis extorqueretur, ereptoque semestri imperio in urbem retraheretur, cuius absentis rationem haberi proximis comitiis populus iussisset. Tamen hanc iacturam honoris sui rei publicae causa aequo animo tulisse; cum litteras ad senatum miserit, ut omnes ab exercitibus discederent, ne id quidem impetravisse. Tota Italia delectus haberi, retineri legiones II, quae ab se simulatione Parthici belli sint abductae, civitatem esse in armis. Quonam haec omnia nisi ad suam perniciem pertinere? Sed tamen ad omnia se descendere paratum atque omnia pati rei publicae causa. Proficiscatur Pompeius in suas provincias, ipsi exercitus dimittant, discedant in Italia omnes ab armis, metus e civitate tollatur, libera comitia atque omnis res publica senatui populoque Romano permittatur. Haec quo facilius certisque condicionibus fiant et iureiurando sanciantur, aut ipse propius accedat aut se patiatur accedere: fore uti per colloquia omnes controversiae componantur.

[10]

Acceptis mandatis Roscius cum L. Caesare Capuam pervenit ibique consules Pompeiumque invenit; postulata Caesaris renuntiat. Illi deliberata re respondent scriptaque ad eum mandata per eos remittunt; quorum haec erat summa: Caesar in Galliam reverteretur, Arimino excederet, exercitus dimitteret; quae si fecisset, Pompeium in Hispanias iturum. Interea, quoad fides esset data Caesarem facturum, quae polliceretur, non intermissuros consules Pompeiumque delectus.

[11]

Erat iniqua condicio postulare, ut Caesar Arimino excederet atque in provinciam reverteretur, ipsum et provincias et legiones alienas tenere; exercitum Caesaris velle dimitti, delectus habere; polliceri se in provinciam iturum neque, ante quem diem iturus sit, definire, ut, si peracto consulatu Caesar profectus esset, nulla tamen mendacii religione obstrictus videretur; tempus vero colloquio non dare neque accessurum polliceri magnam pacis desperationem afferebat. Itaque ab Arimino M. Antonium cum cohortibus V Arretium mittit; ipse Arimini cum duabus subsistit ibique delectum habere instituit; Pisaurum, Fanum, Anconam singulis cohortibua occupat.

[12]

Interea certior factus Iguvium Thermum praetorem cohortibus V tenere, oppidum munire, omniumque esse Iguvinorum optimam erga se voluntatem, Curionem cum tribus cohortibus, quas Pisauri et Arimini habebat, mittit. Cuius adventu cognito diffisus municipii voluntati Thermus cohortes ex urbe reducit et profugit. Milites in itinere ab eo discedunt ac domum revertuntur. Curio summa omnium voluntate Iguvium recepit. Quibus rebus cognitis confisus municipiorum voluntatibus Caesar cohortes legionis XIII ex praesidiis deducit Auximumque proficiscitur; quod oppidum Attius cohortibus introductis tenebat delectumque toto Piceno circummissis senatoribus habebat.

[13]

Adventu Caesaris cognito decuriones Auximi ad Attium Varum frequentes conveniunt; docent sui iudicii rem non esse; neque se neque reliquos municipes pati posse C. Caesarem imperatorem, bene de re publica meritum, tantis rebus gestis oppido moenibusque prohiberi; proinde habeat rationem posteritatis et periculi sui. Quorum oratione permotus Varus praesidium, quod introduxerat, ex oppido educit ac profugit. Hunc ex primo ordine pauci Caesaris consecuti milites consistere coegerunt. Commisso proelio deseritur a suisVarus; nonnulla pars militum domum discedit; reliqui ad Caesarem perveniunt, atque una cum eis deprensus L. Pupius, primi pili centurio, adducitur, qui hunc eundem ordinem in exercitu Cn. Pompei antea duxerat. At Caesar milites Attianos collaudat, Pupium dimittit, Auximatibus agit gratias seque eorum facti memorem fore pollicetur.

[14]

Quibus rebus Romam nuntiatis tantus repente terror invasit, ut cum Lentulus consul ad aperiendum aerarium venisset ad pecuniamque Pompeio ex senatusconsulto proferendam, protinus aperto sanctiore aerario ex urbe profugeret. Caesar enim adventare iam iamque et adesse eius equites falso nuntiabantur. Hunc Marcellus collega et plerique magistratus consecuti sunt. Cn. Pompeius pridie eius diei ex urbe profectus iter ad legiones habebat, quas a Caesare acceptas in Apulia hibernorum causa disposuerat. Delectus circa urbem intermittuntur; nihil citra Capuam tutum esse omnibus videtur. Capuae primum se confirmant et colligunt delectumque colonorum, qui lege Iulia Capuam deducti erant, habere instituunt; gladiatoresque, quos ibi Caesar in ludo habebat, ad forum productos Lentulus spe libertatis confirmat atque iis equos attribuit et se sequi iussit; quos postea monitus ab suis, quod ea res omnium iudicio reprehendebatur, circum familias conventus Campani custodiae causa distribuit.

[15]

Auximo Caesar progressus omnem agrum Picenum percurrit. Cunctae earum regionum praefecturae libentissimis animis eum recipiunt exercitumque eius omnibus rebus iuvant. Etiam Cingulo, quod oppidum Labienus constituerat suaque pecunia exaedificaverat, ad eum legati veniunt quaeque imperaverit se cupidissime facturos pollicentur. Milites imperat: mittunt. Interea legio XII Caesarem consequitur. Cum his duabus Asculum Picenum proficiscitur. Id oppidum Lentulus Spinther X cohortibus tenebat; qui Caesaris adventu cognito profugit ex oppido cohortesque secum abducere conatus magna parte militum deseritur. Relictus in itinere cum paucis incidit in Vibullium Rufum missum a Pompeio in agrum Picenum confirmandorum hominum causa. A quo factus Vibullius certior, quae res in Piceno gererentur, milites ab eo accipit, ipsum dimittit. Item ex finitimis regionibus quas potest contrahit cohortes ex delectibus Pompeianis; in his Camerino fugientem Lucilium Hirrum cum sex cohortibus, quas ibi in praesidio habuerat, excipit; quibus coactis XII efficit. Cum his ad Domitium Ahenobarbum Corfinium magnis itineribus pervenit Caesaremque adesse cum legionibus duabus nuntiat. Domitius per se circiter XX cohortes Alba, ex Marsis et Paelignis, finitimis ab regionibus coegerat.

[16]

Recepto Firmo expulsoque Lentulo Caesar conquiri milites, qui ab eo discesserant, delectumque institui iubet; ipse unum diem ibi rei frumentariae causa moratus Corfinium contendit. Eo cum venisset, cohortes V praemissae a

Domitio ex oppido pontem fluminis interrumpebant, qui erat ab oppido milia passuum circiter III. Ibi cum antecursoribus Caesaris proelio commisso celeriter Domitiani a ponte repulsi se in oppidum receperunt. Caesar legionibus transductis ad oppidum constitit iuxtaque murum castra posuit.

[17]

Re cognita Domitius ad Pompeium in Apuliam peritos regionum magno proposito praemio cum litteris mittit, qui petant atque orent, ut sibi subveniat: Caesarem duobus exercitibus et locorum angustiis facile intercludi posse frumentoque prohiberi. Quod nisi fecerit, se cohortesque amplius XXX magnumque numerum senatorum atque equitum Romanorum in periculum esse venturum. Interim suos cohortatus tormenta in muris disponit certasque cuique partes ad custodiam urbis attribuit; militibus in contione agros ex suis possessionibus pollicetur, quaterna in singulos iugera, et pro rata parte centurionibus evocatisque.

[18]

Interim Caesari nuntiatur Sulmonenses, quod oppidum a Corfinio VII milium intervallo abest, cupere ea facere, quae vellet, sed a Q. Lucretio senatore et Attio Peligno prohiberi, qui id oppidum VII cohortium praesidio tenebant. Mittit eo M. Antonium cum legionis XIII cohortibus V. Sulmonenses simul atque signa nostra viderunt, portas aperuerunt universique, et oppidani et milites, obviam gratulantes Antonio exierunt. Lucretius et Attius de muro se deiecerunt. Attius ad Antonium deductus petit ut ad Caesarem mitteretur. Antonius cum cohortibus et Attio eodem die, quo profectus erat, revertitur. Caesar eas cohortes cum exercitu suo coniunxit Attiumque incolumem dimisit. Caesar primis diebus castra magnis operibus munire et ex finitimis municipiis frumentum comportare reliquasque copias exspectare instituit. Eo triduo legio VIII ad eum venit cohortesque ex novis Galliae dilectibus XXII equitesque ab rege Norico circiter CCC. Quorum adventu altera castra ad alteram oppidi partem ponit; his castris Curionem praefecit. Reliquis diebus oppidum vallo castellisque circummunire instituit. Cuius operis maxima parte effecta eodem fere tempore missi a Pompeio revertuntur.

[19]

Litteris perlectis Domitius dissimulans in consilio pronuntiat Pompeium celeriter subsidio venturum hortaturque eos, ne animo deficiant quaeque usui ad defendendum oppidum sint parent. Ipse arcano cum paucis familiaribus suis colloquitur consiliumque fugae capere constituit. Cum vultus Domiti cum oratione non consentiret, atque omnia trepidantius timidiusque ageret, quam superioribus diebus consuesset, multumque cum suis consiliandi causa secreto praeter consuetudinem colloqueretur, concilia conventusque hominum fugeret, res diutius tegi dissimularique non potuit. Pompeius enim rescripserat: sese rem in summum periculum deducturum non esse, neque suo consilio aut voluntate Domitium se in oppidum Corfinium contulisse; proinde, si qua fuisset facultas, ad se cum omnibus copiis veniret. Id ne fieri posset, obsidione atque oppidi circummunitione fiebat.

[20]

Divulgato Domiti consilio milites, qui erant Corfinii, prima vesperi secessionem faciunt atque ita inter se per tribunos militum centurionesque atque honestissimos sui generis colloquuntur: obsideri se a Caesare, opera munitionesque prope esse perfectas; ducem suum Domitium, cuius spe atque fiducia permanserint, proiectis omnibus fugae consilium capere: debere se suae salutis rationem habere. Ab his primo Marsi dissentire incipiunt eamque oppidi partem, quae munitissima videretur, occupant, tantaque inter eos dissensio exsistit, ut manum conserere atque armis dimicare conentur; post paulo tamen internuntiis ultro citroque missis quae ignorabant, de L. Domiti fuga, cognoscunt. Itaque omnes uno consilio Domitium productum in publicum circumsistunt et custodiunt legatosque ex suo numero ad Caesarem mittunt: sese paratos esse portas aperire, quaeque imperaverit facere et L. Domitium vivum in eius potestati tradere.

[21]

Quibus rebus cognitis Caesar, etsi magni interesse arbitrabatur quam primum oppido potiri cohortesque ad se in castra traducere, ne qua aut largitionibus aut animi confirmatione aut falsis nuntiis commutatio fieret voluntatis, quod saepe in bello parvis momentis magni casus intercederent, tamen veritus, ne militum introitu et nocturni temporis licentia oppidum diriperetur, eos, qui venerant, collaudat atque in oppidum dimittit, portas murosque adservari iubet. Ipse eis operibus, quae facere instituerat, milites disponit non certis spatiis intermissis, ut erat superiorum dierum consuetudo, sed perpetuis vigiliis stationibusque, ut contingant inter se atque omnem munitionem expleant; tribunos militum et praefectos circummittit atque hortatur, non solum ab eruptionibus caveant, sed etiam singulorum hominum occultos exitus adservent. Neque vero tam remisso ac languido animo quisquam omnium fuit, qui ea nocte conquieverit. Tanta erat summae rerum exspectatio, ut alius in aliam partem mente atque animo traheretur, quid ipsis Corfiniensibus, quid Domitio, quid Lentulo, quid reliquis accideret, qui quosque eventus exciperent.

[22]

Quarta vigilia circiter Lentulus Spinther de muro cum vigiliis custodibusque nostris colloquitur; velle, si sibi fiat potestas, Caesarem convenire. Facta potestate ex oppido mittitur, neque ab eo prius Domitiani milites discedunt, quam in conspectum Caesaris deducatur. Cum eo de salute sua agit, orat atque obsecrat, ut sibi parcat, veteremque amicitiam commemorat Caesarisque in se beneficia exponit; quae erant maxima: quod per eum in collegium pontificum venerat, quod provinciam Hispaniam ex praetura habuerat, quod in petitione consulatus erat sublevatus. Cuius orationem Caesar interpellat: se non maleficii causa ex provincia egressum, sed uti se a contumeliis inimicorum defenderet, ut tribunos plebis in ea re ex civitate expulsos in suam dignitatem restitueret, ut se et populum Romanum factione paucorum oppressum in libertatem vindicaret. Cuius oratione confirmatus Lentulus, ut in oppidum reverti liceat, petit: quod de sua salute impetraverit, fore etiam reliquis ad suam spem solatio; adeo esse perterritos nonnullos, ut suae vitae durius consulere cogantur. Facta potestate discedit.

[23]

Caesar, ubi luxit, omnes senatores senatorumque liberos, tribunos militum equitesque Romanos ad se produci iubet. Erant quinquaginta; ordinis senatorii L. Domitius, P. Lentulus Spinther, L. Caecilius Rufus, Sex. Quintilius Varus quaestor, L. Rubrius; praeterea filius Domiti aliique complures adulescentes et magnus numerus equitum Romanorum et decurionum, quos ex municipiis Domitius evocaverat. Hos omnes productos a contumeliis militum conviciisque prohibet; pauca apud eos loquitur, [queritur] quod sibi a parte eorum gratia relata non sit pro suis in eos maximis beneficiis; dimittit omnes incolumes. HS |LX|, quod advexerat Domitius atque in publico deposuerat, allatum ad se ab IIII viris Corfiniensibus Domitio reddit, ne continentior in vita hominum quam in pecunia fuisse videatur, etsi eam pecuniam publicam esse constabat datamque a Pompeio in stipendium. Milites Domitianos sacramentum apud se dicere iubet atque eo die castra movet iustumque iter conficit VII omnino dies ad Corfinium commoratus, et per fines Marrucinorum, Frentranorum, Larinatium in Apuliam pervenit.

[24]

Pompeius his rebus cognitis, quae erant ad Corfinium gestae, Luceria proficiscitur Canusium atque inde Brundisium. Copias undique omnes ex novis dilectibus ad se cogi iubet; servos, pastores armat atque eis equos attribuit; ex his circiter CCC equites conficit. L. Manlius praetor Alba cum cohortibus sex profugit, Rutilius Lupus praetor Tarracina cum tribus; quae procul equitatum Caesaris conspicatae, cui praeerat Vibius Curius, relicto praetore signa ad Curium transferunt atque ad eum transeunt. Item reliquis itineribus nonnullae cohortes in agmen Caesaris, aliae in equites incidunt. Reducitur ad eum deprensus ex itinere N. Magius Cremona, praefectus fabrum Cn. Pompei. Quem Caesar ad eum remittit cum mandatis: quoniam ad id tempus facultas colloquendi non fuerit, atque ipse Brundisium sit venturus, interesse rei publicae et communis salutis se cum Pompeio colloqui; neque vero idem profici longo itineris spatio, cum per alios condiciones ferantur, ac si coram de omnibus condicionibus disceptetur.

[25]

His datis mandatis Brundisium cum legionibus VI pervenit, veteranis III et reliquis, quas ex novo dilectu confecerat atque in itinere compleverat; Domitianas enim cohortes protinus a Corfinio in Siciliam miserat. Reperit consules Dyrrachium profectos cum magna parte exercitus, Pompeium remanere Brundisii cum cohortibus viginti; neque certum inveniri poterat, obtinendine Brundisii causa ibi remansisset, quo facilius omne Hadriaticum mare ex ultimis Italiae partibus regionibusque Graeciae in potestate haberet atque ex utraque parte bellum administrare posset, an inopia navium ibi restitisset, veritusque ne ille

Italiam dimittendam non existimaret, exitus administrationesque Brundisini portus impedire instituit. Quorum operum haec erat ratio. Qua fauces erant angustissimae portus, moles atque aggerem ab utraque parte litoris iaciebat, quod his locis erat vadosum mare. Longius progressus, cum agger altiore aqua contineri non posset, rates duplices quoquoversus pedum XXX e regione molis collocabat. Has quaternis ancoris ex IIII angulis destinabat, ne fluctibus moverentur. His perfectis collocatisque alias deinceps pari magnitudine rates iungebat. Has terra atque aggere integebat, ne aditus atque incursus ad defendendum impediretur. A fronte atque ab utroque latere cratibus ac pluteis protegebat; in quarta quaque earum turres binorum tabulatorum excitabat, quo commodius ab impetu navium incendiisque defenderet.

[26]

Contra haec Pompeius naves magnas onerarias, quas in portu Brundisino deprehenderat, adornabat. Ibi turres cum ternis tabulatis erigebat easque multis tormentis et omni genere telorum completas ad opera Caesaris adpellebat, ut rates perrumperet atque opera disturbaret. Sic cotidie utrimque eminus fundis, sagittis reliquisque telis pugnabatur. Atque haec Caesar ita administrabat, ut condiciones pacis dimittendas non existimaret; ac tametsi magnopere admirabatur Magium, quem ad Pompeium cum mandatis miserat, ad se non remitti, atque ea res saepe temptata etsi impetus eius consiliaque tardabat, tamen omnibus rebus in eo perseverandum putabat. Itaque Caninium Rebilum legatum, familiarem necessariumque Scriboni Libonis, mittit ad eum colloquii causa; mandat, ut Libonem de concilianda pace hortetur; imprimis, ut ipse cum Pompeio colloqueretur, postulat; magnopere sese confidere demonstrat, si eius rei sit potestas facta, fore, ut aequis condicionibus ab armis discedatur. Cuius rei magnam partem laudis atque existimationis ad Libonem perventuram, si illo auctore atque agente ab armis sit discessum. Libo a colloquio Canini digressus ad Pompeium proficiscitur. Paulo post renuntiat, quod consules absint, sine illis non posse agi de compositione. Ita saepius rem frustra temptatam Caesar aliquando dimittendam sibi iudicat et de bello agendum.

[27]

Prope dimidia parte operis a Caesare effecta diebusque in ea re consumptis VIIII naves a consulibus Dyrrachio remissae, quae priorem partem exercitus eo deportaverant, Brundisium revertuntur. Pompeius sive operibus Caesaris permotus sive etiam quod ab initio Italia excedere constituerat, adventu navium profectionem parare incipit et, quo facilius impetum Caesaris tardaret, ne sub ipsa profectione milites oppidum irrumperent, portas obstruit, vicos plateasque inaedificat, fossas transversas viis praeducit atque ibi sudes stipitesque praeacutos defigit. Haec levibus cratibus terraque inaequat; aditus autem atque itinera duo, quae extra murum ad portum ferebant, maximis defixis trabibus atque eis praeacutis praesepit. His paratis rebus milites silentio naves conscendere iubet, expeditos autem ex evocatis, sagittariis funditoribusque raros in muro turribusque disponit. Hos certo signo revocare constituit, cum omnes milites naves conscendissent, atque eis expedito loco actuaria navigia relinquit.

[28]

Brundisini Pompeianorum militum iniuriis atque ipsius Pompei contumeliis permoti Caesaris rebus favebant. Itaque cognita Pompei profectione concursantibus illis atque in ea re occupatis vulgo ex tectis significabant. Per quos re cognita Caesar scalas parari militesque armari iubet, ne quam rei gerendae facultatem dimittat. Pompeius sub noctem naves solvit. Qui erant in muro custodiae causa collocati, eo signo, quod convenerat, revocantur notisque itineribus ad naves decurrunt. Milites positis scalis muros ascendunt, sed moniti a Brundisinis, ut vallum caecum fossasque caveant, subsistunt et longo itinere ab his circumducti ad portum perveniunt duasque naves cum militibus, quae ad moles Caesaris adhaeserant, scaphis lintribusque reprehendunt, reprehensas excipiunt.

[29]

Caesar etsi ad spem conficiendi negotii maxime probabat coactis navibus mare transire et Pompeium sequi, priusquam ille sese transmarinis auxiliis confirmaret, tamen eius rei moram temporisque longinquitatem timebat, quod omnibus coactis navibus Pompeius praesentem facultatem insequendi sui ademerat. Relinquebatur, ut ex longinquioribus regionibus Galliae Picenique et a freto naves essent exspectandae. Id propter anni tempus longum atque impeditum videbatur. Interea veterem exercitum, duas Hispanias confirmari, quarum erat altera maximis beneficiis Pompei devincta, auxilia, equitatum parari, Galliam Italiamque temptari se absente nolebat.

[30]

Itaque in praesentia Pompei sequendi rationem omittit, in Hispaniam proficisci constituit: duumviris municipiorum omnium imperat, ut naves conquirant Brundisiumque deducendas curent. Mittit in Sardiniam cum legione una Valerium legatum, in Siciliam Curionem pro praetore cum legionibus duabus; eundem, cum Siciliam recepisset, protinus in Africam traducere exercitum iubet. Sardiniam obtinebat M. Cotta, Siciliam M. Cato; Africam sorte Tubero obtinere debebat. Caralitani, simul ad se Valerium mitti audierunt, nondum profecto ex Italia sua sponte Cottam ex oppido eiciunt. Ille perterritus, quod omnem provinciam consentire intellegebat, ex Sardinia in Africam profugit. Cato in Sicilia naves longas veteres reficiebat, novas civitatibus imperabat. Haec magno studio agebat. In Lucanis Brutiisque per legatos suos civium Romanorum delectus habebat, equitum peditumque certum numerum a civitatibus Siciliae exigebat. Quibus rebus paene perfectis adventu Curionis cognito queritur in contione sese proiectum ac proditum a Cn. Pompeio, qui omnibus rebus imparatissimis non necessarium bellum suscepisset et ab se reliquisque in senatu interrogatus omnia sibi esse ad bellum apta ac parata confirmavisset. Haec in contione questus ex provincia fugit.

[31]

Nacti vacuas ab imperiis Sardiniam Valerius, Curio Siciliam, cum exercitibus eo perveniunt. Tubero cum in Africam venisset, invenit in provincia cum imperio Attium Varum; qui ad Auximum, ut supra demonstravimus, amissis cohortibus protinus ex fuga in Africam pervenerat atque eam sua sponte vacuam occupaverat delectuque habito duas legiones effecerat, hominum et locorum notitia et usu eius provinciae nactus aditus ad ea conanda, quod paucis ante annis ex praetura eam provinciam obtinuerat. Hic venientem Uticam navibus Tuberonem portu atque oppido prohibet neque adfectum valetudine filium exponere in terra patitur, sed sublatis ancoris excedere eo loco cogit.

[32]

His rebus confectis Caesar, ut reliquum tempus a labore intermitteretur, milites in proxima municipia deducit; ipse ad urbem proficiscitur. Coacto senatu iniurias inimicorum commemorat. Docet se nullum extraordinarium honorem appetisse, sed exspectato legitimo tempore consulatus eo fuisse contentum, quod omnibus civibus pateret. Latum ab X tribunis plebis contradicentibus inimicis, Catone vero acerrime repugnante et pristina consuetudine dicendi mora dies extrahente, ut sui ratio absentis haberetur, ipso consule Pompeio ; qui si improbasset, cur ferri passus esset? Si probasset, cur se uti populi beneficio prohibuisset?

Patientiam proponit suam, cum de exercitibus dimittendis ultro postulavisset; in quo iacturam dignitatis atque honoris ipse facturus esset. Acerbitatem inimicorum docet, qui, quod ab altero postularent, in se recusarent, atque omnia permisceri mallent, quam imperium exercitusque dimittere. Iniuriam in eripiendis legionibus praedicat, crudelitatem et insolentiam in circumscribendis tribunis plebis; condiciones a se latas, expetita colloquia et denegata commemorat. Pro quibus rebus hortatur ac postulat, ut rem publicam suscipiant atque una secum administrent. Sin timore defugiant, illis se oneri non futurum et per se rem publicam administraturum. Legatos ad Pompeium de compositione mitti oportere, neque se reformidare, quod in senatu Pompeius paulo ante dixisset, ad quos legati mitterentur, his auctoritatem attribui timoremque eorum, qui mitterent significari. Tenuis atque infirmi haec animi videri. Se vero, ut operibus anteire studuerit, sic iustitia et aequitate velle superare.

[33]

Probat rem senatus de mittendis legatis: sed, qui mitterentur, non reperiebantur, maximeque timoris causa pro se quisque id munus legationis recusabat. Pompeius enim discedens ab urbe in senatu dixerat eodem se habiturum loco, qui Romae remansissent et qui in castris Caesaris fuissent. Sic triduum disputationibus excusationibusque extrahitur. Subicitur etiam L. Metellus, tribunus plebis, ab inimicis Caesaris, qui hanc rem distrahat, reliquasque res, quascumque agere instituerit, impediat. Cuius cognito consilio Caesar frustra diebus aliquot consumptis, ne reliquum tempus amittat, infectis eis, quae agere destinaverat, ab urbe proficiscitur atque in ulteriorem Galliam pervenit.

[34]

Quo cum venisset, cognoscit missum a Pompeio Vibullium Rufum, quem paucis ante diebus Corfinio captum ipse dimiserat; profectum item Domitium ad occupandam Massiliam navibus actuariis septem, quas Igilii et in Cosano a privatis coactas servis, libertis, colonis suis compleverat; praemissos etiam legatos Massilienses domum, nobiles adulescentes, quos ab urbe discedens Pompeius erat adhortatus, ne nova Caesaris officia veterum suorum beneficiorum in eos memoriam expellerent. Quibus mandatis acceptis Massilienses portas Caesari clauserant; Albicos, barbaros homines, qui in eorum fide antiquitus erant montesque supra Massiliam incolebant, ad se vocaverant; frumentum ex finitimis regionibus atque ex omnibus castellis in urbem convexerant; armorum officinas in urbe instituerant; muros portas classem reficiebant.

[35]

Evocat ad se Caesar Massilia XV primos; cum his agit, ne initium inferendi belli a Massiliensibus oriatur: debere eos Italiae totius auctoritatem sequi potius quam unius hominis voluntati obtemperare. Reliqua, quae ad eorum sanandas mentes pertinere arbitrabatur, commemorat. Cuius orationem legati domum referunt atque ex auctoritate haec Caesari renuntiant: intellegere se divisum esse populum Romanum in partes duas; neque sui iudicii neque suarum esse virium discernere, utra pars iustiorem habeat causam. Principes vero esse earum partium Cn. Pompeium et C. Caesarem patronos civitatis; quorum alter agros Volcarum Arecomicorum et Helviorum publice iis concesserit, alter bello victos Sallyas attribuerit vectigaliaque auxerit. Quare paribus eorum beneficiis parem se quoque voluntatem tribuere debere et neutrum eorum contra alterum iuvare aut urbe aut portibus recipere.

[36]

Haec dum inter eos aguntur, Domitius navibus Massiliam pervenit atque ab eis receptus urbi praeficitur; summa ei belli administrandi permittitur. Eius imperio classem quoquo versus dimittunt; onerarias naves, quas ubique possunt, deprehendunt atque in portum deducunt, parum clavis aut materia atque armamentis instructis ad reliquas armandas reficiendasque utuntur; frumenti quod inventum est, in publicum conferunt; reliquas merces commeatusque ad obsidionem urbis, si accidat, reservant. Quibus iniuriis permotus Caesar legiones tres Massiliam adducit; turres vineasque ad oppugnationem urbis agere, naves longas Arelate numero XII facere instituit. Quibus effectis armatisque diebus XXX, a qua die materia caesa est, adductisque Massiliam his D. Brutum praeficit, C. Trebonium legatum ad oppugnationem Massiliae relinquit.

[37]

Dum haec parat atque administrat, C. Fabium legatum cum legionibus III, quas Narbone circumque ea loca hiemandi causa disposuerat, in Hispaniam praemittit celeriterque saltus Pyrenaeos occupari iubet, qui eo tempore ab L. Afranio legato praesidiis tenebantur. Reliquas legiones, quae longius hiemabant, subsequi iubet. Fabius, ut erat imperatum, adhibita celeritate praesidium ex saltu deiecit magnisque itineribus ad exercitum Afrani contendit.

[38]

Adventu L.Vibulli Rufi, quem a Pompeio missum in Hispaniam demonstratum est, Afranius et Petreius et Varro, legati Pompei, quorum unus Hispaniam citeriorem tribus legionibus, alter ulteriorem a saltu Castulonensi ad Anam duabus legionibus, tertius ab Ana Vettonum agrum Lusitaniamque pari numero legionum optinebat, officia inter se partiuntur, uti Petreius ex Lusitania per Vettones cum omnibus copiis ad Afranium proficiscatur, Varro cum eis, quas habebat, legionibus omnem ulteriorem Hispaniam tueatur. His rebus constitutis equites auxiliaque toti Lusitaniae a Petreio, Celtiberiae, Cantabris barbarisque omnibus, qui ad Oceanum pertinent, ab Afranio imperantur. Quibus coactis celeriter Petreius per Vettones ad Afranium pervenit, constituuntque communi consilio bellum ad Ilerdam propter ipsius opportunitatem gerere.

[39]

Erant, ut supra demonstratum est, legiones Afranii tres, Petreii duae, praeterea scutatae citerioris provinciae et caetratae ulterioris Hispaniae cohortes circiter LXXX equitumque utriusque provinciae circiter V milia. Caesar legiones in Hispaniam praemiserat VI, auxilia peditum V milia, equitum III milia, quae omnibus superioribus bellis habuerat, et parem ex Gallia numerum, quam ipse pacaverat, nominatim ex omnibus civitatibus nobilissimo et fortissimo quoque evocato, huc optimi generis hominum ex Aquitanis montanisque, qui Galliam provinciam attingunt addiderat. Audierat Pompeium per Mauretaniam cum legionibus iter in Hispaniam facere confestimque esse venturum. Simul a tribunis militum centurionibusque mutuas pecunias sumpsit; has exercitui distribuit. Quo facto duas res consecutus est, quod pignore animos centurionum devinxit et largitione militum voluntates redemit.

[40]

Fabius finitimarum civitatum animos litteris nuntiisque temptabat. In Sicori flumine pontes effecerat duos distantes inter se milia passuum IIII. His pontibus pabulatum mittebat, quod ea quae citra flumen fuerant, superioribus diebus consumpserat. Hoc idem fere atque eadem de causa Pompeiani exercitus duces faciebant, crebroque inter se equestribus proeliis contendebant. Huc cum cotidiana consuetudine congressae pabulatoribus praesidio propiore ponte legiones Fabianae duae flumen transissent, impedimentaque et omnis equitatus sequeretur, subito vi ventorum et aquae magnitudine pons est interruptus et reliqua multitudo equitum interclusa. Quo cognito a Petreio et Afranio ex aggere atque cratibus, quae flumine ferebantur, celeriter suo ponte Afranius, quem oppido castrisque coniunctum habebat, legiones IIII equitatumque omnem traiecit duabusque Fabianis occurrit legionibus. Cuius adventu nuntiato L. Plancus, qui legionibus praeerat, necessaria re coactus locum capit superiorem diversamque aciem in duas partes constituit, ne ab equitatu circumveniri posset. Ita congressus impari numero magnos impetus legionum equitatusque sustinet. Commisso ab equitibus proelio signa legionum duarum procul ab utrisque conspiciuntur, quas C. Fabius ulteriore ponte subsidio nostris miserat suspicatus fore id, quod accidit, ut duces adversariorum occasione et beneficio fortunae ad nostros opprimendos uterentur. Quarum adventu proelium dirimitur, ac suas uterque legiones reducit in castra.

[41]

Eo biduo Caesar cum equitibus DCCCC, quos sibi praesidio reliquerat, in castra pervenit. Pons, qui fuerat tempestate interruptus, paene erat refectus; hunc noctu perfici iussit. Ipse cognita locorum natura ponti castrisque praesidio sex cohortes reliquit atque omnia impedimenta et postero die omnibus copiis triplici instructa acie ad Ilerdam proficiscitur et sub castris Afranii constitit et ibi paulisper sub armis moratus facit aequo loco pugnandi potestatem. Potestate facta Afranius copias educit et in medio colle sub castris constituit. Caesar, ubi cognovit per Afranium stare, quo minus proelio dimicaretur, ab infimis radicibus montis intermissis circiter passibus CCCC castra facere constituit et, ne in opere faciundo milites repentino hostium incursu exterrerentur atque opere prohiberentur, vallo muniri vetuit, quod eminere et procul videri necesse erat, sed a fronte contra hostem pedum XV fossam fieri iussit. Prima et secunda acies in armis, ut ab initio constituta erat, permanebat; post has opus in occulto a III acie fiebat. Sic omne prius est perfectum, quam intellegeretur ab Afranio castra muniri. Sub vesperum Caesar intra hanc fossam legiones reducit atque ibi sub armis proxima nocte conquiescit.

[42]

Postero die omnem exercitum intra fossam continet et, quod longius erat agger petendus, in praesentia similem rationem operis instituit singulaque latera castrorum singulis attribuit legionibus munienda fossasque ad eandem magnitudinem perfici iubet; reliquas legiones in armis expeditas contra hostem constituit. Afranius Petreiusque terrendi causa atque operis impediendi copias suas ad infimas montis radices producunt et proelio lacessunt, neque idcirco Caesar opus intermittit confisus praesidio legionum trium et munitione fossae. Illi non diu commorati nec longius ab infimo colle progressi copias in castra reducunt. Tertio die Caesar vallo castra communit; reliquas cohortes, quas in superioribus castris reliquerat, impedimentaque ad se traduci iubet.

[43]

Erat inter oppidum Ilerdam et proximum collem, ubi castra Petreius atque Afranius habebant, planities circiter passuum CCC, atque in hoc fere medio spatio tumulus erat paulo editior; quem si occupavisset Caesar et communisset, ab oppido et ponte et commeatu omni, quem in oppidum contulerant, se interclusurum adversarios confidebat. Hoc sperans legiones III ex castris educit acieque in locis idoneis instructa unius legionis antesignanos procurrere atque eum tumulum occupare iubet. Qua re cognita celeriter quae in statione pro castris erant Afranii cohortes breviore itinere ad eundem occupandum locum mittuntur. Contenditur proelio, et quod prius in tumulum Afraniani venerant, nostri repelluntur atque aliis submissis subsidiis terga vertere seque ad signa legionum recipere coguntur.

[44]

Genus erat pugnae militum illorum, ut magno impetu primo procurrerent, audacter locum caperent, ordines suos non magnopere servarent, rari dispersique pugnarent; si premerentur, pedem referre et loco excedere non turpe existimarent cum Lusitanis reliquisque barbaris barbaro genere quodam pugnae assuefacti; quod fere fit, quibus quisque in locis miles inveteraverit, ut multum earum regionum consuetudine moveatur. Haec tum ratio nostros perturbavit insuetos huius generis pugnae: circumiri enim sese ab aperto latere procurrentibus singulis arbitrabantur; ipsi autem suos ordines servare neque ab signis discedere neque sine gravi causa eum locum, quem ceperant, dimitti censuerant oportere. Itaque perturbatis antesignanis legio, quae in eo cornu constiterat, locum non tenuit atque in proximum collem sese recepit.

[45]

Caesar paene omni acie perterrita, quod praeter opinionem consuetudinemque acciderat, cohortatus suos legionem nonam subsidio ducit; hostem insolenter atque acriter nostros insequentem supprimit rursusque terga vertere seque ad oppidum Ilerdam recipere et sub muro consistere cogit. Sed nonae legionis milites elati studio, dum sarcire acceptum detrimentum volunt, temere insecuti longius fugientes in locum iniquum progrediuntur et sub montem, in quo erat oppidum positum Ilerda, succedunt. Hinc se recipere cum vellent, rursus illi ex loco superiore nostros premebant. Praeruptus locus erat utraque ex parte derectus ac tantum in latitudinem patebat, ut tres instructae cohortes eum locum explerent, ut neque subsidia ab lateribus submitti neque equites laborantibus usui esse possent. Ab oppido autem declivis locus tenui fastigio vergebat in longitudinem passuum circiter CCCC. Hac nostris erat receptus, quod eo incitati studio inconsultius processerant; hoc pugnabatur loco, et propter angustias iniquo et quod sub ipsis radicibus montis constiterant, ut nullum frustra telum in eos mitteretur. Tamen virtute et patientia nitebantur atque omnia vulnera sustinebant. Augebatur illis copia, atque ex castris cohortes per oppidum crebro submittebantur, ut integri defessis succederent. Hoc idem Caesar facere cogebatur, ut submissis in eundem locum cohortibus defessos reciperet.

[46]

Hoc cum esset modo pugnatum continenter horis quinque nostrique gravius a multitudine premerentur, consumptis omnibus telis gladiis destrictis impetum adversus montem in cohortes faciunt, paucisque deiectis reliquos sese convertere cogunt. Submotis sub murum cohortibus ac nonnullam partem propter terrorem in oppidum compulsis facilis est nostris receptus datus. Equitatus autem noster ab utroque latere, etsi deiectis atque inferioribus locis constiterat, tamen summa in iugum virtute connititur atque inter duas acies perequitans commodiorem ac tutiorem nostris receptum dat. Ita vario certamine pugnatum est. Nostri in primo congressu circiter LXX ceciderunt, in his Q. Fulginius ex primo hastato legionis XIIII, qui propter eximiam virtutem ex inferioribus ordinibus in eum locum pervenerat; vulnerantur amplius DC. Ex Afranianis interficiuntur T. Caecilius, primi pili centurio, et praeter eum centuriones IIII, milites amplius CC.

[47]

Sed haec eius diei praefertur opinio, ut se utrique superiores discessisse existimarent: Afraniani, quod, cum esse omnium iudicio inferiores viderentur, comminus tam diu stetissent et nostrorum impetum sustinuissent et initio locum tumulumque tenuissent, quae causa pugnandi fuerat, et nostros primo congressu terga vertere coegissent; nostri autem, quod iniquo loco atque impari congressi numero quinque horis proelium sustinuissent, quod montem gladiis destrictis ascendissent, quod ex loco superiore terga vertere adversarios coegissent atque in oppidum compulissent. Illi eum tumulum, pro quo pugnatum est, magnis operibus munierunt praesidiumque ibi posuerunt.

[48]

Accidit etiam repentinum incommodum biduo, quo haec gesta sunt. Tanta enim tempestas cooritur, ut numquam illis locis maiores aquas fuisse constaret. Tum autem ex omnibus montibus nives proluit ac summas ripas fluminis superavit pontesque ambo, quos C. Fabius fecerat, uno die interrupit. Quae res magnas difficultates exercitui Caesaris attulit. Castra enim, ut supra demonstratum est, cum essent inter flumina duo, Sicorim et Cingam, spatio milium XXX, neutrum horum transiri poterat, necessarioque omnes his angustiis continebantur. Neque civitates, quae ad Caesaris amicitiam accesserant, frumentum supportare, neque ei, qui pabulatum longius progressi erant, interclusi fluminibus reverti neque maximi commeatus, qui ex Italia Galliaque veniebant, in castra pervenire poterant. Tempus erat autem difficillimum, quo neque frumenta in hibernis erant neque multum a maturitate aberant; ac civitates exinanitae, quod Afranius paene omne frumentum ante Caesaris adventum Ilerdam convexerat, reliqui si quid fuerat, Caesar superioribus diebus consumpserat; pecora, quod secundum poterat esse inopiae subsidium, propter bellum finitimae civitates longius removerant. Qui erant pabulandi aut frumentandi causa progressi, hos levis armaturae Lusitani peritique earum regionum cetrati citerioris Hispaniae consectabantur; quibus erat proclive tranare flumen, quod consuetudo eorum omnium est, ut sine utribus ad exercitum non eant.

[49]

At exercitus Afranii omnium rerum abundabat copia. Multum erat frumentum provisum et convectum superioribus temporibus, multum ex omni provincia comportabatur; magna copia pabuli suppetebat. Harum omnium rerum facultates sine ullo periculo pons Ilerdae praebebat et loca trans flumen integra, quo omnino Caesar adire non poterat.

[50]

Hae permanserunt aquae dies complures. Conatus est Caesar reficere pontes; sed nec magnitudo fluminis permittebat, neque ad ripam dispositae cohortes adversariorum perfici patiebantur. Quod illis prohibere erat facile cum ipsius fluminis natura atque aquae magnitudine, tum quod ex totis ripis in unum atque angustum locum tela iaciebantur; atque erat difficile eodem tempore rapidissimo flumine opera perficere et tela vitare.

[51]

Nuntiatur Afranio magnos commeatus, qui iter habebant ad Caesarem, ad flumen constitisse. Venerant eo sagittarii ex Rutenis, equites ex Gallia cum multis carris magnisque impedimentis, ut fert Gallica consuetudo. Erant praeterea cuiusque generis hominum milia circiter VI cum servis liberisque; sed nullus ordo, nullum imperium certum, cum suo quisque consilio uteretur atque omnes sine timore iter facerent usi superiorum temporum atque itinerum licentia. Erant complures honesti adulescentes, senatorum filii et ordinis equestris; erant legationes civitatum; erant legati Caesaris. Hos omnes flumina continebant. Ad hos opprimendos cum omni equitatu tribusque legionibus Afranius de nocte proficiscitur imprudentesque ante missis equitibus aggreditur. Celeriter sese tamen Galli equites expediunt proeliumque committunt. Ei, dum pari certamine res geri potuit, magnum hostium numerum pauci sustinuere; sed ubi signa legionum appropinquare coeperunt, paucis amissis sese in proximos montes conferunt. Hoc pugnae tempus magnum attulit nostris ad salutem momentum; nacti enim spatium se in loca superiora receperunt. Desiderati sunt eo die sagittarii circiter CC, equites pauci, calonum atque impedimentorum non magnus numerus.

[52]

His tamen omnibus annona crevit; quae fere res non solum inopia praesentis, sed etiam futuri temporis timore ingravescere consuevit. Iamque ad denarios L in singulos modios annona pervenerat, et militum vires inopia frumenti deminuerat, atque incommoda in dies augebantur; et ita paucis diebus magna erat facta rerum commutatio ac se fortuna inclinaverat, ut nostri magna inopia necessariarum rerum conflictarentur, illi omnibus abundarent rebus superioresque haberentur. Caesar eis civitatibus, quae ad eius amicitiam accesserant, quod minor erat frumenti copia, pecus imperabat; calones ad longinquiores civitates dimittebat; ipse praesentem inopiam quibus poterat subsidiis tutabatur.

[53]

Haec Afranius Petreiusque et eorum amici pleniora etiam atque uberiora Romam ad suos perscribebant; multa rumor affingebat, ut paene bellum confectum videretur. Quibus litteris nuntiisque Romam perlatis magni domum concursus ad Afranium magnaeque gratulationes fiebant; multi ex Italia ad Cn. Pompeium proficiscebantur, alii, ut principes talem nuntium attulisse, alii ne eventum belli exspectasse aut ex omnibus novissimi venisse viderentur.

[54]

Cum in his angustiis res esset, atque omnes viae ab Afranianis militibus equitibusque obsiderentur, nec pontes perfici possent, imperat militibus Caesar, ut naves faciant, cuius generis eum superioribus annis usus Britanniae docuerat. Carinae ac prima statumina ex levi materia fiebant; reliquum corpus navium viminibus contextum coriis integebatur. Has perfectas carris iunctis devehit noctu milia passuum a castris XXII militesque his navibus flumen transportat continentemque ripae collem improviso occupat. Hunc celeriter, priusquam ab adversariis sentiatur, communit. Huc legionem postea traicit atque ex utraque parte pontem instituit, biduo perficit. Ita commeatus et qui frumenti causa processerant tuto ad se recipit et rem frumentariam expedire incipit.

[55]

Eodem die equitum magnam partem flumen traiecit. Qui inopinantes pabulatores et sine ullo dissipatos timore aggressi magnum numerum iumentorum atque hominum intercipiunt cohortibusque cetratis subsidio missis scienter in duas partes sese distribuunt, alii ut praedae praesidio sint, alii ut venientibus resistant atque eos propellant, unamque cohortem, quae temere ante ceteras extra aciem procurrerat, seclusam ab reliquis circumveniunt atque interficiunt incolumesque cum magna praeda eodem ponte in castra revertuntur.

[56]

Dum haec ad Ilerdam geruntur, Massilienses usi L. Domitii consilio naves longas expediunt numero XVII, quarum erant XI tectae. Multa huc minora navigia addunt, ut ipsa multitudine nostra classis terreatur. Magnum numerum sagittariorum, magnum Albicorum, de quibus supra demonstratum est, imponunt atque hos praemiis pollicitationibusque incitant. Certas sibi deposcit naves Domitius atque has colonis pastoribusque, quos secum adduxerat, complet. Sic omnibus rebus instructa classe magna fiducia ad nostras naves procedunt, quibus praeerat D. Brutus. Hae ad insulam, quae est contra Massiliam, stationes obtinebant.

[57]

Erat multo inferior numero navium Brutus; sed electos ex omnibus legionibus fortissimos viros, antesignanos, centuriones, Caesar ei classi attribuerat, qui sibi id muneris depoposcerant. Hi manus ferreas atque harpagones paraverant magnoque numero pilorum, tragularum reliquorumque telorum se instruxerant. Ita cognito hostium adventu suas naves ex portu educunt, cum Massiliensibus confligunt. Pugnatum est utrimque fortissime atque acerrime; neque multum Albici nostris virtute cedebant, homines asperi et montani, exercitati in armis; atque hi modo digressi a Massiliensibus recentem eorum pollicitationem animis continebant, pastoresque Domitii spe libertatis excitati sub oculis domini suam probare operam studebant.

[58]

Ipsi Massilienses et celeritate navium et scientia gubernatorum confisi nostros eludebant impetusque eorum excipiebant et, quoad licebat latiore uti spatio, producta longius acie circumvenire nostros aut pluribus navibus adoriri singulas aut remos transcurrentes detergere, si possent, contendebant; cum propius erat necessario ventum, ab scientia gubernatorum atque artificiis ad virtutem montanorum confugiebant. Nostri cum minus exercitatis remigibus minusque peritis gubernatoribus utebantur, qui repente ex onerariis navibus erant producti neque dum etiam vocabulis armamentorum cognitis, tum etiam tarditate et gravitate navium impediebantur; factae enim subito ex humida materia non eundem usum celeritatis habebant.

Itaque, dum locus comminus pugnandi daretur, aequo animo singulas binis navibus obiciebant atque iniecta manu ferrea et retenta utraque nave diversi pugnabant atque in hostium naves transcendebant et magno numero Albicorum et pastorum interfecto partem navium deprimunt, nonnullas cum hominibus capiunt, reliquas in portum compellunt. Eo die naves Massiliensium cum eis, quae sunt captae, intereunt VIIII.

[59]

Hoc primum Caesari ad Ilerdam nuntiatur; simul perfecto ponte celeriter fortuna mutatur. Illi perterriti virtute equitum minus libere, minus audacter vagabantur, alias non longo a castris progressi spatio, ut celerem receptum haberent, angustius pabulabantur, alias longiore circuitu custodias stationesque equitum vitabant, aut aliquo accepto detrimento aut procul equitatu viso ex medio itinere proiectis sarcinis fugiebant. Postremo et plures intermittere dies et praeter consuetudinem omnium noctu constituerant pabulari.

[60]

Interim Oscenses et Calagurritani, qui erant Oscensibus contributi, mittunt ad eum legatos seseque imperata facturos pollicentur. Hos Tarraconenses et Iacetani et Ausetani et paucis post diebus Illurgavonenses, qui flumen Hiberum attingunt, insequuntur. Petit ab his omnibus, ut se frumento iuvent. Pollicentur atque omnibus undique conquisitis iumentis in castra deportant. Transit etiam cohors Illurgavonensis ad eum cognito civitatis consilio et signa ex statione transfert. Magna celeriter commutatio rerum. Perfecto ponte, magnis quinque civitatibus ad amicitiam adiunctis, expedita re frumentaria, exstinctis rumoribus de auxiliis legionum, quae cum Pompeio per Mauritaniam venire dicebantur, multae longinquiores civitates ab Afranio desciscunt et Caesaris amicitiam sequuntur.

[61]

Quibus rebus perterritis animis adversariorum Caesar, ne semper magno circuitu per pontem equitatus esset mittendus, nactus idoneum locum fossas pedum XXX in latitudinem complures facere instituit, quibus partem aliquam Sicoris averteret vadumque in eo flumine efficeret. His paene effectis magnum in timorem Afranius Petreiusque perveniunt, ne omnino frumento pabuloque intercluderentur, quod multum Caesar equitatu valebat. Itaque constituunt illis locis excedere et in Celtiberiam bellum transferre. Huic consilio suffragabatur etiam illa res, quod ex duobus contrariis generibus, quae superiore bello cum Sertorio steterant civitates, victae nomen atque imperium absentis Pompei timebant, quae in amicitia manserant, magnis affectae beneficiis eum diligebant; Caesaris autem erat in barbaris nomen obscurius. Hic magnos equitatus magnaque auxilia exspectabant et suis locis bellum in hiemem ducere cogitabant. Hoc inito consilio toto flumine Hibero naves conquiri et Octogesam adduci iubent. Id erat oppidum positum ad Hiberum miliaque passuum a castris aberat XXX. Ad eum locum fluminis navibus iunctis pontem imperant fieri legionesque duas flumen Sicorim traducunt, castraque muniunt vallo pedum XII.

[62]

Qua re per exploratores cognita summo labore militum Caesar continuato diem noctemque opere in flumine avertendo huc iam rem deduxerat, ut equites, etsi difficulter atque aegre fiebat, possent tamen atque auderent flumen transire, pedites vero tantummodo umeris ac summo pectore exstarent et cum altitudine aquae tum etiam rapiditate fluminis ad transeundum impedirentur.

Sed tamen eodem fere tempore pons in Hibero prope effectus nuntiabatur, et in Sicori vadum reperiebatur.

[63]

Iam vero eo magis illi maturandum iter existimabant. Itaque duabus auxiliaribus cohortibus Ilerdae praesidio relictis omnibus copiis Sicorim transeunt et cum duabus legionibus, quas superioribus diebus traduxerant, castra coniungunt. Relinquebatur Caesari nihil, nisi uti equitatu agmen adversariorum male haberet et carperet. Pons enim ipsius magnum circuitum habebat, ut multo breviore itinere illi ad Hiberum pervenire possent. Equites ab eo missi flumen transeunt et, cum de tertia vigilia Petreius atque Afranius castra movissent, repente sese ad novissimum agmen ostendunt et magna multitudine circumfusa morari atque iter impedire incipiunt.

[64]

Prima luce ex superioribus locis, quae Caesaris castris erant coniuncta, cernebatur equitatus nostri proelio novissimos illorum premi vehementer ac nonnumquam sustineri extremum agmen atque interrumpi, alias inferri signa et universarum cohortium impetu nostros propelli, dein rursus conversos insequi. Totis vero castris milites circulari et dolere hostem ex manibus dimitti, bellum non necessario longius duci; centuriones tribunosque militum adire atque obsecrare, ut per eos Caesar certior fieret, ne labori suo neu periculo parceret; paratos esse sese, posse et audere ea transire flumen, qua traductus esset equitatus. Quorum studio et vocibus excitatus Caesar, etsi timebat tantae magnitudini fluminis exercitum obicere, conandum tamen atque experiendum iudicat. Itaque infirmiores milites ex omnibus centuriis deligi iubet, quorum aut animus aut vires videbantur sustinere non posse. Hos cum legione una praesidio castris relinquit; reliquas legiones expeditas educit magnoque numero iumentorum in flumine supra atque infra constituto traducit exercitum. Pauci ex his militibus abrepti vi fluminis ab equitatu excipiuntur ac sublevantur; interit tamen nemo. Traducto incolumi exercitu copias instruit triplicemque aciem ducere incipit. Ac tantum fuit in militibus studii, ut milium sex ad iter addito circuitu magnaque ad vadum fluminis mora interposita eos, qui de tertia vigilia exissent, ante horam diei VIIII consequerentur.

[65]

Quos ubi Afranius procul visos cum Petreio conspexit, nova re perterritus locis superioribus constitit aciemque instruit. Caesar in campis exercitum reficit, ne defessum proelio obiciat; rursus conantes progredi insequitur et moratur. Illi necessario maturius, quam constituerant, castra ponunt. Suberant enim montes, atque a milibus passuum V itinera difficilia atque angusta excipiebant. Hos montes intrasse cupiebant, ut equitatum effugerent Caesaris praesidiisque in angustiis collocatis exercitum itinere prohiberent, ipsi sine periculo ac timore Hiberum copias traducerent. Quod fuit illis conandum atque omni ratione efficiendum; sed totius diei pugna atque itineris labore defessi rem in posterum diem distulerunt. Caesar quoque in proximo colle castra ponit.

[66]

Media circiter nocte eis, qui aquandi causa longius a castris processerant, ab equitibus correptis fit ab his certior Caesar duces adversariorum silentio copias castris educere. Quo cognito signum dari iubet et vasa militari more conclamari. Illi exaudito clamore veriti, ne noctu impediti sub onere confligere cogerentur aut ne ab equitatu Caesaris in angustius tenerentur, iter supprimunt copiasque in castris continent. Postero die Petreius cum paucis equitibus occulte ad exploranda loca proficiscitur. Hoc idem fit ex castris Caesaris. Mittitur L. Decidius Sasa cum paucis, qui loci naturam perspiciat. Uterque idem suis renuntiat: V milia passuum proxima intercedere itineris campestris, inde excipere loca aspera et montuosa; qui prior has angustias occupaverit, ab hoc hostem prohiberi nihil esse negotii.

[67]

Disputatur in consilio a Petreio atque Afranio et tempus profectionis quaeritur. Plerique censebant, ut noctu iter facerent: posse prius ad angustias veniri, quam sentiretur. Alii, quod pridie noctu conclamatum esset in Caesaris castris, argumenti sumebant loco non posse clam exiri. Circumfundi noctu equitatum Caesaris atque omnia loca atque itinera obsidere; nocturnaque proelia esse vitanda, quod perterritus miles in civili dissensione timori magis quam religioni consulere consuerit. At lucem multum per se pudorem omnium oculis, multum etiam tribunorum militum et centurionum praesentiam afferre; quibus rebus coerceri milites et in officio contineri soleant. Quare omni ratione esse interdiu perrumpendum: etsi aliquo accepto detrimento, tamen summa exercitus salva locum, quem petant, capi posse. Haec vincit in consilio sententia, et prima luce postridie constituunt proficisci.

[68]

Caesar exploratis regionibus albente caelo omnes copias castris educit magnoque circuitu nullo certo itinere exercitum ducit. Nam quae itinera ad Hiberum atque Octogesam pertinebant castris hostium oppositis tenebantur. Ipsi erant transcendendae valles maximae ac difficillimae; saxa multis locis praerupta iter impediebant, ut arma per manus necessario traderentur, militesque inermes sublevatique alii ab aliis magnam partem itineris conficerent. Sed hunc laborem recusabat nemo, quod eum omnium laborum finem fore existimabant, si hostem Hibero intercludere et frumento prohibere potuissent.

[69]

Ac primo Afraniani milites visendi causa laeti ex castris procurrebant contumeliosisque vocibus prosequebantur nostros: necessarii victus inopia coactos fugere atque ad Ilerdam reverti. Erat enim iter a proposito diversum, contrariamque in partem iri videbatur. Duces vero eorum consilium suum laudibus efferebant, quod se castris tenuissent; multumque eorum opinionem adiuvabat, quod sine iumentis impedimentisque ad iter profectos videbant, ut non posse inopiam diutius sustinere confiderent. Sed, ubi paulatim retorqueri agmen ad dextram conspexerunt iamque primos superare regionem castrorum animum adverterunt, nemo erat adeo tardus aut fugiens laboris, quin statim castris exeundum atque occurrendum putaret. Conclamatur ad arma, atque omnes copiae paucis praesidio relictis cohortibus exeunt rectoque ad Hiberum itinere contendunt.

[70]

Erat in celeritate omne positum certamen, utri prius angustias montesque occuparent; sed exercitum Caesaris viarum difficultates tardabant, Afranii copias equitatus Caesaris insequens morabatur. Res tamen ab Afranianis huc erat necessario deducta, ut, si priores montes, quos petebant, attigissent, ipsi periculum vitarent, impedimenta totius exercitus cohortesque in castris relictas servare non possent; quibus interclusis exercitu Caesaris auxilium ferri nulla ratione poterat. Confecit prior iter Caesar atque ex magnis rupibus nactus planitiem in hac contra hostem aciem instruit. Afranius, cum ab equitatu novissimum agmen premeretur, ante se hostem videret, collem quendam nactus ibi constitit. Ex eo loco IIII cetratorum cohortes in montem, qui erat in conspectu omnium excelsissimus, mittit. Hunc magno cursu concitatos iubet occupare, eo consilio, uti ipse eodem omnibus copiis contenderet et mutato itinere iugis Octogesam perveniret. Hunc cum obliquo itinere cetrati peterent, conspicatus equitatus Caesaris in cohortes impetum fecit; nec minimam partem temporis equitum vim cetrati sustinere potuerunt omnesque ab eis circumventi in conspectu utriusque exercitus interficiuntur.

[71]

Erat occasio bene gerendae rei. Neque vero id Caesarem fugiebat, tanto sub oculis accepto detrimento perterritum exercitum sustinere non posse, praesertim circumdatum undique equitatu, cum in loco aequo atque aperto confligeretur; idque ex omnibus partibus ab eo flagitabatur. Concurrebant legati, centuriones tribunique militum: ne dubitaret proelium committere; omnium esse militum paratissimos animos. Afranianos contra multis rebus sui timoris signa misisse: quod suis non subvenissent, quod de colle non decederent, quod vix equitum incursus sustinerent collatisque in unum locum signis conferti neque ordines neque signa servarent. Quod si iniquitatem loci timeret, datum iri tamen aliquo loco pugnandi facultatem, quod certe inde decedendum esset Afranio nec sine aqua permanere posset.

[72]

Caesar in eam spem venerat, se sine pugna et sine vulnere suorum rem conficere posse, quod re frumentaria adversarios interclusisset. Cur etiam secundo proelio aliquos ex suis amitteret? cur vulnerari pateretur optime de se meritos milites? cur denique fortunam periclitaretur? praesertim cum non minus esset imperatoris consilio superare quam gladio. Movebatur etiam misericordia civium, quos interficiendos videbat; quibus salvis atque incolumibus rem obtinere malebat. Hoc consilium Caesaris plerisque non probabatur: milites vero palam inter se loquebantur, quoniam talis occasio victoriae dimitteretur, etiam cum vellet Caesar, sese non esse pugnaturos. Ille in sua sententia perseverat et paulum ex eo loco digreditur, ut timorem adversariis minuat. Petreius atque Afranius oblata facultate in castra sese referunt. Caesar praesidiis montibus dispositis omni ad Hiberum intercluso itinere quam proxime potest hostium castris castra communit.

[73]

Postero die duces adversariorum perturbati, quod omnem rei frumentariae fluminisque Hiberi spem dimiserant, de reliquis rebus consultabant. Erat unum iter, Ilerdam si reverti vellent; alterum, si Tarraconem peterent. Haec consiliantibus eis nuntiantur aquatores ab equitatu premi nostro. Qua re cognita crebras stationes disponunt equitum et cohortium alariarum legionariasque intericiunt cohortes vallumque ex castris ad aquam ducere incipiunt, ut intra munitionem et sine timore et sine stationibus aquari possent. Id opus inter se Petreius atque Afranius partiuntur ipsique perficiundi operis causa longius progrediuntur.

[74]

Quorum discessu liberam nacti milites colloquiorum facultatem vulgo procedunt, et quem quisque in castris notum aut municipem habebat conquirit atque evocat. Primum agunt gratias omnibus, quod sibi perterritis pridie pepercissent: eorum se beneficio vivere. Deinde de imperatoris fide quaerunt, rectene se illi sint commissuri, et quod non ab initio fecerint armaque cum hominibus necessariis et consanguineis contulerint, queruntur. His provocati sermonibus fidem ab imperatore de Petreii atque Afranii vita petunt, ne quod in se scelus concepisse neu suos prodidisse videantur. Quibus confirmatis rebus se statim signa translaturos confirmant legatosque de pace primorum ordinum centuriones ad Caesarem mittunt. Interim alii suos in castra invitandi causa adducunt, alii ab suis abducuntur, adeo ut una castra iam facta ex binis viderentur; compluresque tribuni militum et centuriones ad Caesarem veniunt seque ei commendant. Idem hoc fit a principibus Hispaniae, quos evocaverant et secum in castris habebant obsidum loco. Hi suos notos hospitesque quaerebant, per quem quisque eorum aditum commendationis haberet ad Caesarem. Afranii etiam filius adulescens de sua ac parentis sui salute cum Caesare per Sulpicium legatum agebat. Erant plena laetitia et gratulatione omnia, eorum, qui tanta pericula vitasse, et eorum, qui sine vulnere tantas res confecisse videbantur, magnumque fructum suae pristinae lenitatis omnium iudicio Caesar ferebat, consiliumque eius a cunctis probabatur.

[75]

Quibus rebus nuntiatis Afranius ab instituto opere discedit seque in castra recipit, sic paratus, ut videbatur, ut, quicumque accidisset casus, hunc quieto et aequo animo ferret. Petreius vero non deserit sese. Armat familiam; cum hac et praetoria cohorte cetratorum barbarisque equitibus paucis, beneficiariis suis, quos suae custodiae causa habere consuerat, improviso ad vallum advolat, colloquia militum interrumpit, nostros repellit a castris, quos deprendit interficit. Reliqui coeunt inter se et repentino periculo exterriti sinistras sagis involvunt gladiosque destringunt atque ita se a cetratis equitibusque defendunt castrorum propinquitate confisi seque in castra recipiunt et ab eis cohortibus, quae erant in statione ad portas, defenduntur.

[76]

Quibus rebus confectis flens Petreius manipulos circumit militesque appellat, neu se neu Pompeium, imperatorem suum, adversariis ad supplicium tradant, obsecrat. Fit celeriter concursus in praetorium. Postulat, ut iurent omnes se exercitum ducesque non deserturos neque prodituros neque sibi separatim a reliquis consilium capturos. Princeps in haec verba iurat ipse; idem iusiurandum adigit Afranium; subsequuntur tribuni militum centurionesque; centuriatim producti milites idem iurant. Edicunt, penes quem quisque sit Caesaris miles, ut producatur: productos palam in praetorio interficiunt. Sed plerosque ei, qui receperant, celant noctuque per vallum emittunt. Sic terror oblatus a ducibus, crudelitas in supplicio, nova religio iurisiurandi spem praesentis deditionis sustulit mentesque militum convertit et rem ad pristinam belli rationem redegit.

[77]

Caesar, qui milites adversariorum in castra per tempus colloquii venerant, summa diligentia conquiri et remitti iubet. Sed ex numero tribunorum militum centurionumque nonnulli sua voluntate apud eum remanserunt. Quos ille postea magno in honore habuit; centuriones in priores ordines, equites Romanos in tribunicium restituit honorem.

[78]

Premebantur Afraniani pabulatione, aquabantur aegre. Frumenti copiam legionarii nonnullam habebant, quod dierum XXII ab Ilerda frumentum iussi erant efferre, cetrati auxiliaresque nullam, quorum erant et facultates ad parandum exiguae et corpora insueta ad onera portanda. Itaque magnus eorum cotidie numerus ad Caesarem perfugiebat. In his erat angustiis res. Sed ex propositis consiliis duobus explicitius videbatur Ilerdam reverti, quod ibi paulum frumenti reliquerant. Ibi se reliquum consilium explicaturos confidebant. Tarraco aberat longius; quo spatio plures rem posse casus recipere intellegebant. Hoc probato consilio ex castris proficiscuntur. Caesar equitatu praemisso, qui novissimum agmen carperet atque impediret, ipse cum legionibus subsequitur. Nullum intercedebat tempus, quin extremi cum equitibus proeliarentur.

[79]

Genus erat hoc pugnae. Expeditae cohortes novissimum agmen claudebant pluresque in locis campestribus subsistebant. Si mons erat ascendendus, facile ipsa loci natura periculum repellebat, quod ex locis superioribus, qui antecesserant, suos ascendentes protegebant; cum vallis aut locus declivis suberat, neque ei, qui antecesserant, morantibus opem ferre poterant, equites vero ex loco superiore in aversos tela coniciebant, tum magno erat in periculo res. Relinquebatur, ut, cum eiusmodi locis esset appropinquatum, legionum signa consistere iuberent magnoque impetu equitatum repellerent, eo submoto repente incitati cursu sese in valles universi demitterent atque ita transgressi rursus in locis superioribus consisterent. Nam tantum ab equitum suorum auxiliis aberant, quorum numerum habebant magnum, ut eos superioribus perterritos proeliis in medium reciperent agmen ultroque eos tuerentur; quorum nulli ex itinere excedere licebat, quin ab equitatu Caesaris exciperetur.

[80]

Tali dum pugnatur modo, lente atque paulatim proceditur, crebroque, ut sint auxilio suis, subsistunt; ut tum accidit. Milia enim progressi IIII vehementiusque peragitati ab equitatu montem excelsum capiunt ibique una fronte contra hostem castra muniunt neque iumentis onera deponunt. Ubi Caesaris castra posita tabernaculaque constituta et dimissos equites pabulandi causa animum adverterunt, sese subito proripiunt hora circiter sexta eiusdem diei et spem nacti morae discessu nostrorum equitum iter facere incipiunt. Qua re animum adversa Caesar refectis legionibus subsequitur, praesidio impedimentis paucas cohortes relinquit; hora x subsequi pabulatores equitesque revocari iubet. Celeriter equitatus ad cotidianum itineris officium revertitur. Pugnatur acriter ad novissimum agmen, adeo ut paene terga convertant, compluresque milites, etiam nonnulli centuriones, interficiuntur. Instabat agmen Caesaris atque universum imminebat.

[81]

Tum vero neque ad explorandum idoneum locum castris neque ad progrediendum data facultate consistunt necessario et procul ab aqua et natura iniquo loco castra ponunt. Sed isdem de causis Caesar, quae supra sunt demonstratae, proelio non lacessit et eo die tabernacula statui passus non est, quo paratiores essent ad insequendum omnes, sive noctu sive interdiu erumperent. Illi animadverso vitio castrorum tota nocte munitiones proferunt castraque castris convertunt. Hoc idem postero die a prima luce faciunt totumque in ea re diem consumunt. Sed quantum opere processerant et castra protulerant, tanto aberant ab aqua longius, et praesenti malo aliis malis remedia dabantur. Prima nocte aquandi causa nemo egreditur ex castris; proximo die praesidio in castris relicto universas ad aquam copias educunt, pabulatum emittitur nemo. His eos suppliciis male haberi Caesar et necessariam subire deditionem quam proelio decertare malebat. Conatur tamen eos vallo fossaque circummunire, ut quam maxime repentinas eorum eruptiones demoretur; quo necessario descensuros existimabat. Illi et inopia pabuli adducti et, quo essent expeditiores, omnia sarcinaria iumenta interfici iubent.

[82]

In his operibus consiliisque biduum consumitur; tertio die magna iam pars operis Caesaris processerat. Illi impediendae reliquae munitionis causa hora circiter VIIII signo dato legiones educunt aciemque sub castris instruunt. Caesar ab opere legiones revocat, equitatum omnem convenire iubet, aciem instruit; contra opinionem enim militum famamque omnium videri proelium defugisse magnum detrimentum afferebat. Sed eisdem de causis, quae sunt cognitae, quo minus dimicare vellet, movebatur, atque hoc etiam magis, quod spatii brevitate etiam in fugam coniectis adversariis non multum ad summam victoria iuvare poterat. Non enim amplius pedum milibus duobus ab castris castra distabant; hinc duas partes acies occupabant duae; tertia vacabat ad incursum atque impetum militum relicta. Si proelium committeretur, propinquitas castrorum celerem superatis ex fuga receptum dabat. Hac de causa constituerat signa inferentibus resistere, prior proelio non lacessere.

[83]

Acies erat Afraniana duplex legionum V; tertium in subsidiis locum alariae cohortes obtinebant; Caesaris triplex; sed primam aciem quaternae cohortes ex V legionibus tenebant, has subsidiariae ternae et rursus aliae totidem suae cuiusque legionis subsequebantur; sagittarii funditoresque media continebantur acie, equitatus latera cingebat. Tali instructa acie tenere uterque propositum videbatur: Caesar, ne nisi coactus proelium committeret; ille, ut opera Caesaris impediret. Producitur tamen res, aciesque ad solis occasum continentur; inde utrique in castra discedunt. Postero die munitiones institutas Caesar parat perficere; illi vadum fluminis Sicoris temptare, si transire possent. Qua re animadversa Caesar Germanos levis armaturae equitumque partem flumen traicit crebrasque in ripis custodias disponit.

[84]

Tandem omnibus rebus obsessi, quartum iam diem sine pabulo retentis iumentis, aquae, lignorum, frumenti inopia colloquium petunt et id, si fieri possit, semoto a militibus loco. Ubi id a Caesare negatum et, palam si colloqui vellent, concessum est, datur obsidis loco Caesari filius Afranii. Venitur in eum locum, quem Caesar delegit. Audiente utroque exercitu loquitur Afranius: non esse aut ipsis aut militibus succensendum, quod fidem erga imperatorem suum Cn. Pompeium conservare voluerint. Sed satis iam fecisse officio satisque supplicii tulisse perpessos omnium rerum inopiam; nunc vero paene ut feras circummunitos prohiberi aqua, prohiberi ingressu, neque corpore dolorem neque animo ignominiam ferre posse. Itaque se victos confiteri; orare atque obsecrare, si qui locus misericordiae relinquatur, ne ad ultimum supplicium progredi necesse habeat. Haec quam potest demississime et subiectissime exponit.

[85]

Ad ea Caesar respondit: nulli omnium has partes vel querimoniae vel miserationis minus convenisse. Reliquos enim omnes officium suum praestitisse: se, qui etiam bona condicione, et loco et tempore aequo, confligere noluerit, ut quam integerrima essent ad pacem omnia; exercitum suum, qui iniuria etiam accepta suisque interfectis, quos in sua potestate habuerit, conservarit et texerit; illius denique exercitus milites, qui per se de concilianda pace egerint; qua in re omnium suorum vitae consulendum putarint. Sic omnium ordinum partes in misericordia constitisse: ipsos duces a pace abhorruisse; eos neque colloquii neque indutiarum iura servasse et homines imperitos et per colloquium deceptos crudelissime interfecisse. Accidisse igitur his, quod plerumque hominum nimia pertinacia atque arrogantia accidere soleat, uti eo recurrant et id cupidissime petant, quod paulo ante contempserint. Neque nunc se illorum humilitate neque aliqua temporis opportunitate postulare, quibus rebus opes augeantur suae; sed eos exercitus, quos contra se multos iam annos aluerint, velle dimitti. Neque enim sex legiones alia de causa missas in Hispaniam septimamque ibi conscriptam neque tot tantasque classes paratas neque submissos duces rei militaris peritos. Nihil horum ad pacandas Hispanias, nihil ad usum provinciae provisum, quae propter diuturnitatem pacis nullum auxilium desiderarit. Omnia haec iam pridem contra se parari; in se novi generis imperia constitui, ut idem ad portas urbanis praesideat rebus et duas bellicosissimas provincias absens tot annis obtineat; in se iura magistratuum commutari, ne ex praetura et consulatu, ut semper, sed per paucos probati et electi in provincias mittantur; in se etiam aetatis excusationem nihil valere, cum superioribus bellis probati ad obtinendos exercitus evocentur; in se uno non servari, quod sit omnibus datum semper imperatoribus, ut rebus feliciter gestis aut cum honore aliquo aut certe sine ignominia domum revertantur exercitumque dimittant. Quae tamen omnia et se tulisse patienter et esse laturum; neque nunc id agere, ut ab illis abductum exercitum teneat ipse, quod tamen sibi difficile non sit, sed ne illi habeant, quo contra se uti possint. Proinde, ut esset dictum, provinciis excederent exercitumque dimitterent; si id sit factum, se nociturum nemini. Hanc unam atque extremam esse pacis condicionem.

[86]

Id vero militibus fuit pergratum et iucundum, ut ex ipsa significatione cognosci potuit, ut, qui aliquid iusti incommodi exspectavissent, ultro praemium missionis ferrent. Nam cum de loco et tempore eius rei controversia inferretur, et voce et manibus universi ex vallo, ubi constiterant, significare coeperunt, ut statim dimitterentur, neque omni interposita fide firmum esse posse, si in aliud tempus differretur. Paucis cum esset in utramque partem verbis disputatum, res huc deducitur, ut ei, qui habeant domicilium aut possessionem in Hispania, statim, reliqui ad Varum flumen dimittantur; ne quid eis noceatur, neu quis invitus sacramentum dicere cogatur, a Caesare cavetur.

[87]

Caesar ex eo tempore, dum ad flumen Varum veniatur, se frumentum daturum pollicetur. Addit etiam, ut, quod quisque eorum in bello amiserit, quae sint penes milites suos, eis, qui amiserint, restituatur; militibus aequa facta aestimatione pecuniam pro his rebus dissolvit. Quascumque postea controversias inter se milites habuerunt, sua sponte ad Caesarem in ius adierunt. Petreius atque Afranius cum stipendium ab legionibus paene seditione facta flagitarentur, cuius illi diem nondum venisse dicerent, Caesar ut cognosceret, postulatum est, eoque utrique, quod statuit, contenti fuerunt. Parte circiter tertia exercitus eo biduo dimissa duas legiones suas antecedere, reliquas subsequi iussit, ut non longo inter se spatio castra facerent, eique negotio Q. Fufium Calenum legatum praeficit. Hoc eius praescripto ex Hispania ad Varum flumen est iter factum, atque ibi reliqua pars exercitus dimissa est.

LIBER II

[1]

Dum haec in Hispania geruntur, C. Trebonius legatus, qui ad oppugnationem Massiliae relictus erat, duabus ex partibus aggerem, vineas turresque ad oppidum agere instituit. Una erat proxima portui navalibusque, altera ad portam, qua est aditus ex Gallia atque Hispania, ad id mare, quod adiacet ad ostium Rhodani. Massilia enim fere tribus ex oppidi partibus mari alluitur; reliqua quarta est, quae aditum habeat ab terra. Huius quoque spatii pars ea, quae ad arcem pertinet, loci natura et valle altissima munita longam et difficilem habet oppugnationem. Ad ea perficienda opera C. Trebonius magnam iumentorum atque hominum multitudinem ex omni provincia vocat; vimina materiamque comportari iubet. Quibus comparatis rebus aggerem in altitudinem pedum LXXX exstruit.

[2]

Sed tanti erant antiquitus in oppido omnium rerum ad bellum apparatus tantaque multitudo tormentorum, ut eorum vim nullae contextae viminibus vineae sustinere possent. Asseres enim pedum XII cuspidibus praefixi atque hi maximis ballistis missi per IIII ordines cratium in terra defigebantur. Itaque pedalibus lignis coniunctis inter se porticus integebantur, atque hac agger inter manus proferebatur. Antecedebat testudo pedum LX aequandi loci causa facta item ex fortissimis lignis, convoluta omnibus rebus, quibus ignis iactus et lapides defendi possent.

Sed magnitudo operum, altitudo muri atque turrium, multitudo tormentorum omnem administrationem tardabat. Crebrae etiam per Albicos eruptiones fiebant ex oppido ignesque aggeri et turribus inferebantur; quae facile nostri milites repellebant magnisque ultro illatis detrimentis eos, qui eruptionem fecerant, in oppidum reiciebant.

[3]

Interim L Nasidius, a Cn. Pompeio cum classe navium XVI, in quibus paucae erant aeratae, L. Domitio Massiliensibusque subsidio missus, freto Siciliae imprudente atque inopinante Curione pervehitur appulsisque Messanam navibus atque inde propter repentinum terrorem principum ac senatus fuga facta navem ex navalibus eorum deducit. Hac adiuncta ad reliquas naves cursum Massiliam versus perficit praemissaque clam navicula Domitium Massiliensesque de suo adventu certiores facit eosque magnopere hortatur, ut rursus cum Bruti classe additis suis auxiliis confligant.

[4]

Massilienses post superius incommodum veteres ad eundem numerum ex navalibus productas naves refecerant summaque industria armaverant (remigum, gubernatorum magna copia suppetebat) piscatoriasque adiecerant atque contexerant, ut essent ab ictu telorum remiges tuti; has sagittariis tormentisque compleverunt. Tali modo instructa classe omnium seniorum, matrum familiae, virginum precibus et fletu excitati, extremo tempore civitati subvenirent, non minore animo ac fiducia, quam ante dimicaverant, naves conscendunt. Communi enim fit vitio naturae, ut inusitatis atque incognitis rebus magis confidamus vehementiusque exterreamur; ut tum accidit. Adventus enim L. Nasidii summa spe et voluntate civitatem compleverat. Nacti idoneum ventum ex portu exeunt et Tauroenta, quod est castellum Massilensium, ad Nasidium perveniunt ibique naves expediunt rursusque se ad confligendum animo confirmant et consilia communicant. Dextra pars attribuitur Massiliensibus, sinistra Nasidio.

[5]

Eodem Brutus contendit aucto navium numero. Nam ad eas, quae factae erant Arelate per Caesarem, captivae Massiliensium accesserant sex. Has superioribus diebus refecerat atque omnibus rebus instruxerat. Itaque suos cohortatus, quos integros superarissent ut victos contemnerent, plenus spei bonae atque animi adversus eos proficiscitur. Facile erat ex castris C. Trebonii atque omnibus superioribus locis prospicere in urbem, ut omnis iuventus, quae in oppido remanserat, omnesque superioris aetatis cum liberis atque uxoribus ex publicis locis custodiisque aut e muro ad caelum manus tenderent, aut templa deorum immortalium adirent et ante simulacra proiecti victoriam ab diis exposcerent. Neque erat quisquam omnium, quin in eius diei casu suarum omnium fortunarum eventum consistere existimaret. Nam et honesti ex iuventute et cuiusque aetatis amplissimi nominatim evocati atque obsecrati naves conscenderant ut, si quid adversi accidisset, ne ad conandum quidem sibi quicquam reliqui fore viderent; si superavissent, vel domesticis opibus vel externis auxiliis de salute urbis confiderent.

[6]

Commisso proelio Massiliensibus res nulla ad virtutem defuit; sed memores eorum praeceptorum, quae paulo ante ab suis aeceperant, hoc animo decertabant, ut nullum aliud tempus ad conandum habituri viderentur, et quibus in pugna vitae periculum accideret, non ita multo se reliquorum civium fatum antecedere existimarent, quibus urbe capta eadem esset belli fortuna patienda. Diductisque nostris paulatim navibus et artificio gubernatorum et mobilitati navium locus dabatur, et si quando nostri facultatem nacti ferreis manibus iniectis navem religaverant, undique suis laborantibus succurrebant. Neque vero coniuncti Albici comminus pugnando deficiebant neque multum cedebant virtute nostris. Simul ex minoribus navibus magna vis eminus missa telorum multa nostris de improviso imprudentibus atque impeditis vulnera inferebant. Conspicataeque naves triremes duae navem D. Bruti, quae ex insigni facile agnosci poterat, duabus ex partibus sese in eam incitaverant Sed tantum re provisa Brutus celeritate navis enisus est, ut parvo momento antecederet. Illae adeo graviter inter se incitatae conflixerunt, ut vehementissime utraque ex concursu laborarent, altera vero praefracto rostro tota collabefieret. Qua re animadversa, quae proximae ei loco ex Bruti classe naves erant, in eas impeditas impetum faciunt celeriterque ambas deprimunt.

[7]

Sed Nasidianae naves nullo usui fuerunt celeriterque pugna excesserunt; non enim has aut conspectus patriae aut propinquorum praecepta ad extremum vitae periculum adire cogebant. Itaque ex eo numero navium nulla desiderata est: ex Massiliensium classe V sunt depressae, IV captae, una cum Nasidianis profugit; quae omnes citeriorem Hispaniam petiverunt. At ex reliquis una praemissa Massiliam huius nuntii perferendi gratia cum iam appropinquaret urbi, omnis sese multitudo ad cognoscendum effudit, et re cognita tantus luctus excepit, ut urbs ab hostibus capta eodem vestigio videretur. Massilienses tamen nihilo secius ad defensionem urbis reliqua apparare coeperunt.

[8]

Est animadversum ab legionibus, qui dextram partem operis administrabant, ex crebris hostium eruptionibus magno sibi esse praesidio posse, si ibi pro castello ac receptaculo turrim ex latere sub muro fecissent. Quam primo ad repentinos incursus humilem parvamque fecerunt. Huc se referebant; hinc, si qua maior oppresserat vis, propugnabant; hinc ad repellendum et prosequendum hostem procurrebant. Patebat haec quoquoversus pedes XXX, sed parietum crassitudo pedes V. Postea vero, ut est rerum omnium magister usus, hominum adhibita sollertia inventum est magno esse usui posse, si haec esset in altitudinem turris elata. Id hac ratione perfectum est.

[9]

Ubi turris altitudo perducta est ad contabulationem, eam in parietes instruxerunt, ita ut capita tignorum extrema parietum structura tegerentur, ne quid emineret, ubi ignis hostium adhaeresceret. Hanc super contignationem, quantum tectum plutei ac vinearum passum est, latérculo adstruxerunt supraque eum locum duo tigna transversa iniecerunt non longe ab extremis parietibus, quibus suspenderent eam contignationem, quae turri tegimento esset futura, supraque ea tigna directo transversas trabes iniecerunt easque axibus religaverunt (has trabes paulo longiores atque eminentiores, quam extremi parietes erant, effecerant, ut esset ubi tegimenta praependere possent ad defendendos ictus ac repellendos, cum infra eam contignationem parietes exstruerentur) eamque contabulationem summam lateribus lutoque constraverunt, ne quid ignis hostium nocere posset, centonesque insuper iniecerunt, ne aut tela tormentis immissa tabulationem perfringerent, aut saxa ex catapultis latericium discuterent. Storias autem ex funibus ancorariis tres in longitudinem parietum turris latas IIII pedes fecerunt easque ex tribus partibus, quae ad hostes vergebant, eminentibus trabibus circum turrim praependentes religaverunt; quod unum genus tegimenti aliis locis erant experti nullo telo neque tormento traici posse. Ubi vero ea pars turris, quae erat perfecta, tecta atque munita est ab omni ictu hostium, pluteos ad alia opera abduxerunt; turris tectum per se ipsum pressionibus ex contignatione prima supendere ac tollere coeperunt. Ubi, quantum storiarum demissio patiebatur, tantum elevarant, intra haec tegimenta abditi atque muniti parietes lateribus exstruebant rursusque alia pressione ad aedificandum sibi locum expediebant. Ubi tempus alterius contabulationis videbatur, tigna item ut primo tecta extremis lateribus instruebant exque ea contignatione rursus summam contabulationem storiasque elevabant. Ita tuto ac sine ullo vulnere ac periculo sex tabulata exstruxerunt fenestrasque, quibus in locis visum est, ad tormenta mittenda in struendo reliquerunt.

[10]

Ubi ex ea turri, quae circum essent opera, tueri se posse confisi sunt, musculum pedes LX longum ex materia bipedali, quem a turri latericia ad hostium turrim murumque perducerent, facere instituerunt; cuius musculi haec erat forma. Duae primum trabes in solo aeque longae distantes inter se pedes IIII collocantur, inque eis columellae pedum in altitudinem V defiguntur. Has inter se capreolis molli fastigio coniungunt, ubi tigna, quae musculi tegendi causa ponant, collocentur. Eo super tigna bipedalia iniciunt eaque laminis clavisque religant. Ad extremum musculi tectum trabesque extremas quadratas regulas IIII patentes digitos defigunt, quae lateres, qui super musculo struantur, contineant. Ita fastigato atque ordinatim structo, ut trabes erant in capreolis collocatae, lateribus lutoque musculus, ut ab igni, qui ex muro iaceretur, tutus esset, contegitur. Super lateres coria inducuntur, ne canalibus aqua immissa lateres diluere posset. Coria autem, ne rursus igni ac lapidibus corrumpantur, centonibus conteguntur. Hoc opus omne tectum vineis ad ipsam turrim perficiunt subitoque inopinantibus hostibus machinatione navali, phalangis subiectis, ad turrim hostium admovent, ut aedificio iungatur.

[11]

Quo malo perterriti subito oppidani saxa quam maxima possunt vectibus promovent praecipitataque muro in musculum devolvunt. Ictum firmitas materiae sustinet, et quicquid incidit fastigio musculi elabitur. Id ubi vident, mutant consilium: cupas taeda ac pice refertas incendunt easque de muro in musculum devolvunt. Involutae labuntur, delapsae ab lateribus longuriis furcisque ab opere removentur. Interim sub musculo milites vectibus infima saxa turris hostium, quibus fundamenta continebantur, convellunt. Musculus ex turri latericia a nostris telis tormentisque defenditur; hostes ex muro ac turibus submoventur: non datur libera muri defendendi facultas. Compluribus iam lapidibus ex ea, quae suberat, turri subductis repentina ruina pars eius turris concidit, pars reliqua consequens procumbebat: cum hostes urbis direptione perterriti inermes cum infulis se porta foras universi proripiunt ad legatos atque exercitum supplices manus tendunt.

[12]

Qua nova re oblata omnis administratio belli consistit, militesque aversi a proelio ad studium audiendi et cognoscendi feruntur. Ubi hostes ad legatos exercitumque pervenerunt, universi se ad pedes proiciunt; orant, ut adventus Caesaris exspectetur: captam suam urbem videre: opera perfecta, turrim subrutam; itaque ab defensione desistere. Nullam exoriri moram posse, quominus, cum venisset, si imperata non facerent ad nutum, e vestigio diriperentur. Docent, si omnino turris concidisset, non posse milites contineri, quin spe praedae in urbem irrumperent urbemque delerent. Haec atque eiusdem generis complura ut ab hominibus doctis magna cum misericordia fletuque pronuntiantur.

[13]

Quibus rebus commoti legati milites ex opere deducunt, oppugnatione desistunt; operibus custodias relinquunt. Indutiarum quodam genere misericordia facto adventus Caesaris exspectatur. Nullum ex muro, nullum a nostris mittitur telum; ut re confecta omnes curam et diligentiam remittunt. Caesar enim per litteras Trebonio magnopere mandaverat, ne per vim oppidum expugnari pateretur, ne gravius permoti milites et defectionis odio et contemptione sui et diutino labore omnes puberes interficerent; quod se facturos minabantur, aegreque tunc sunt retenti, quin oppidum irrumperent, graviterque eam rem tulerunt, quod stetisse per Trebonium, quominus oppido potirentur, videbatur.

[14]

At hostes sine fide tempus atque occasionem fraudis ac doli quaerunt interiectisque aliquot diebus nostris languentibus atque animo remissis subito meridiano tempore, cum alius discessisset, alius ex diutino labore in ipsis operibus quieti se dedisset, arma vero omnia reposita contectaque essent, portis se foras erumpunt, secundo magnoque vento ignem operibus inferunt. Hunc sic distulit ventus, uti uno tempore agger, plutei, testudo, turris, tormenta flammam conciperent et prius haec omnia consumerentur, quam, quemadmodum accidisset, animadverti posset. Nostri repentina fortuna permoti arma, quae possunt, arripiunt; alii ex castris sese incitant. Fit in hostes impetus; sed de muro sagittis tormentisque fugientes persequi prohibentur. Illi sub murum se recipiunt ibique musculum turrimque latericiam libere incendunt. Ita multorum mensium labor hostium perfidia et vi tempestatis puncto temporis interiit. Temptaverunt hoc idem Massilienses postero die. Eandem nacti tempestatem maiore cum fiducia ad alteram turrim aggeremque eruptione pugnaverunt multumque ignem intulerunt. Sed ut superioris temporis contentionem nostri omnem remiserant, ita proximi diei casu admoniti omnia ad defensionem paraverant. Itaque multis interfectis reliquos infecta re in oppidum reppulerunt.

[15]

Trebonius ea, quae sunt amissa, multo majore militum studio administrare et reficere instituit. Nam ubi tantos suos labores et apparatus male cecidisse viderunt indutiisque per scelus violatis suam virtutem irrisui fore perdoluerunt, quod, unde agger omnino comportari posset, nihil erat reliquum, omnibus arboribus longe lateque in finibus Massiliensium excisis et convectis, aggerem novi generis atque inauditum ex latericiis duobus muris senum pedum crassitudine atque eorum murorum contignatione facere instituerunt aequa fere altitudine, atque ille congesticius ex materia fuerat agger. Ubi aut spatium inter muros aut imbecillitas materiae postulare videretur, pilae interponuntur, traversaria tigna iniciuntur, quae firmamento esse possint, et quicquid est contignatum cratibus consternitur, crates luto integuntur. Sub tecto miles dextra ac sinistra muro tectus, adversus plutei obiectu, operi quaecumque sunt usui sine periculo supportat. Celeriter res administratur; diuturni laboris detrimentum sollertia et virtute militum brevi reconciliatur. Portae, quibus locis videtur, eruptionis causa in muro relinquuntur.

[16]

Quod ubi hostes viderunt, ea, quae vix longinquo spatio refici non posse sperassent, paucorum dierum opera et labore ita refecta, ut nullus perfidiae neque eruptioni locus esset nec quicquam omnino relinqueretur, qua aut telis militibus aut igni operibus noceri posset, eodemque exemplo sentiunt totam urbem, qua sit aditus ab terra, muro turribusque circumiri posse, sic ut ipsis consistendi in suis munitionibus locus non esset, cum paene inaedificata muris ab exercitu nostro moenia viderentur ac telum manu coniceretur, suorumque tormentorum usum, quibus ipsi magna speravissent, spatio propinquitatis interire parique condicione ex muro ac turribus bellandi data se virtute nostris adaequare non posse intellegunt, ad easdem deditionis condiciones recurrunt.

[17]

M. Varro in ulteriore Hispania initio cognitis eis rebus, quae sunt in Italia gestae, diffidens Pompeianis rebus amicissime de Caesare loquebatur: praeoccupatum sese legatione ab Cn. Pompeio teneri obstrictum fide; necessitudinem quidem sibi nihilo minorem cum Caesare intercedere, neque se ignorare, quod esset officium legati, qui fiduciariam operam obtineret, quae vires suae, quae voluntas erga Caesarem totius provinciae. Haec omnibus ferebat sermonibus neque se in ullam partem movebat. Postea vero, cum Caesarem ad Massiliam detineri cognovit, copias Petreii cum exercitu Afranii esse coniunctas, magna auxilia convenisse, magna esse in spe atque exspectari et consentire omnem citeriorem provinciam, quaeque postea acciderant, de angustiis ad Ilerdam rei fumentariae, accepit, atque haec ad eum latius atque inflatius Afranius perscribebat, se quoque ad motus fortunae movere coepit.

[18]

Delectum habuit tota provincia, legionibus completis duabus cohortes circiter XXX alarias addidit. Frumenti magnum numerum coegit, quod Massiliensibus, item quod Afranio Petreioque mitteret. Naves longas X Gaditanis ut facerent imperavit, complures praeterea [in] Hispali faciendas curavit. Pecuniam omnem omniaque ornamenta ex fano Herculis in oppidum Gades contulit; eo sex cohortes praesidii causa ex provincia misit Gaiumque Gallonium, equitem Romanum, familiarem Domitii, qui eo procurandae hereditatis causa venerat missus a Domitio, oppido Gadibus praefecit; arma omnia privata ac publica in domum Gallonii contulit. Ipse habuit graves in Caesarem contiones. Saepe ex tribunali praedicavit adversa Caesarem proelia fecisse, magnum numerum ab eo militum ad Afranium perfugisse: haec se certis nuntiis, certis auctoribus comperisse. Quibus rebus perterritos cives Romanos eius provinciae sibi ad rem publicam administrandam HS CCXXX et argenti pondo XX milia, tritici modium CXX milia polliceri coegit. Quas Caesari esse amicas civitates arbitrabatur, his graviora onera iniungebat praesidiaque eo deducebat et iudicia in privatos reddebat qui verba atque orationem adversus rem publicam habuissent: eorum bona in publicum addicebat, Provinciam omnem in sua et Pompei verba iusiurandum adigebat. Cognitis eis rebus, quae sunt gestae in citeriore Hispania, bellum parabat. Ratio autem haec erat belli, ut se cum II legionibus Gades conferret, naves frumentumque omne ibi contineret; provinciam enim omnem Caesaris rebus favere cognoverat. In insula frumento navibusque comparatis bellum duci non difficile existimabat. Caesar, etsi multis necessariisque rebus in Italiam revocabatur, tamen constituerat nullam partem belli in Hispaniis relinquere, quod magna esse Pompei beneficia et magnas clientelas in citeriore provincia sciebat.

[19]

Itaque duabus legionibus missis in ulteriorem Hispaniam cum Q. Cassio, tribuno plebis, ipse DC cum equitibus magnis itineribus progreditur edictumque praemittit, ad quam diem magistratus principesque omnium civitatum sibi esse praesto Cordubae vellet. Quo edicto tota provincia pervulgato nulla fuit civitas, quin ad id tempus partem senatus Cordubam mitteret, non civis Romanus paulo notior, quin ad diem conveniret. Simul ipse Cordubae conventus per se portas Varroni clausit, custodias vigiliasque in turribus muroque disposuit, cohortes duas, quae colonicae appellabantur, cum eo casu venissent, tuendi oppidi causa apud se retinuit. Eisdem diebus Carmonenses, quae est longe firmissima totius provinciae civitas, deductis tribus in arcem oppidi cobortibus a Varrone praesidio, per se cohortes eiecit portasque praeclusit.

[20]

Hoc vero magis properare Varro, ut cum legionibus quam primum Gades contenderet, ne itinere aut traiectu intercluderetur: tanta ac tam secunda in Caesarem voluntas provinciae reperiebatur. Progresso ei paulo longius litterae Gadibus redduntur: simulatque sit cognitum de edicto Caesaris, consensisse Gaditanos principes cum tribunis cohortium, quae essent ibi in praesidio, ut Gallonium ex oppido expellerent, urbem insulamque Caesari servarent. Hoc inito consilio denuntiavisse Gallonio, ut sua sponte, dum sine periculo liceret, excederet Gadibus; si id non fecisset, sibi consilium capturos. Hoc timore adductum Gallonium Gadibus excessisse. His cognitis rebus altera ex duabus legionibus, quae vernacula appellabatur, ex castris Varronis adstante et inspectante ipso signa sustulit seseque Hispalim recepit atque in foro et porticibus sine maleficio consedit. Quod factum adeo eius conventus cives Romani comprobaverunt, ut domum ad se quisque hospitio cupidissime reciperet. Quibus rebus perterritus Varro, cum itinere converso sese Italicam venturum praemisisset, certior ab suis factus est praeclusas esse portas. Tum vero omni interclusus itinere ad Caesarem mittit, paratum se esse legionem, cui iusserit, tradere. Ille ad eum Sextum Caesarem mittit atque huic tradi iubet. Tradita legione Varro Cordubam ad Caesarem venit; relatis ad eum publicis cum fide rationibus quod penes eum est pecuniae tradit et, quid ubique habeat frumenti et navium, ostendit.

[21]

Caesar contione habita Cordubae omnibus generatim gratias agit: civibus Romanis, quod oppidum in sua potestate studuissent habere; Hispanis, quod praesidia expulissent; Gaditanis, quod conatus adversariorum infregissent seseque in libertatem vindicassent; tribunis militum centurionibusque, qui eo praesidii causa venerant, quod eorum consilia sua virtute confirmassent. Pecunias, quas erant in publicum Varroni cives Romani polliciti, remittit; bona restituit eis, quos liberius locutos hanc poenam tulisse cognoverat. Tributis quibusdam populis publicis privatisque praemiis reliquos in posterum bona spe complet biduumque Cordubae commoratus Gades proficiscitur; pecunias monumentaque, quae ex fano Herculis collata erant in privatam domum, referri in templum iubet. Provinciae Q. Cassium praeficit; huic III legiones attribuit. Ipse eis navibus, quas M. Varro quasque Gaditani iussu Varronis fecerant, Tarraconem paucis diebus pervenit. Ibi totius fere citerioris provinciae legationes Caesaris adventum exspectabant. Eadem ratione privatim ac publice quibusdam civitatibus habitis honoribus Tarracone discedit pedibusque Narbonem atque inde Massiliam pervenit. Ibi legem de dictatore latam seseque dictatorem dictum a M. Lepido praetore cognoscit.

[22]

Massilienses omnibus defessi malis, rei frumentariae ad summam inopiam adducti, bis navali proelio superati, crebris eruptionibus fusi, gravi etiam pestilentia conflictati ex diutina conclusione et mutatione victus (panico enim vetere atque hordeo corrupto omnes alebantur, quod ad huiusmodi casus antiquitus paratum in publicum contulerant) deiecta turri, labefacta magna parte muri, auxiliis provinciarum et exercituum desperatis, quos in Caesaris potestatem venisse cognoverant, sese dedere sine fraude constituunt. Sed paucis ante diebus L. Domitius cognita Massiliensium voluntate navibus III comparatis, ex quibus duas familiaribus suis attribuerat, unam ipse conscenderat nactus turbidam tempestatem profectus est. Hunc conspicatae naves, quae iussu Bruti consuetudine cotidiana ad portum excubabant, sublatis ancoris sequi coeperunt. Ex his unum ipsius navigium contendit et fugere perseveravit auxilioque tempestatis ex conspectu abiit, duo perterrita concursu nostrarum navium sese in portum receperunt. Massilienses arma tormentaque ex oppido, ut est imperatum, proferunt, naves ex portu navalibusque educunt, pecuniam ex publico tradunt. Quibus rebus confectis Caesar magis eos pro nomine et vetustate, quam pro meritis in se civitatis conservans duas ibi legiones praesidio relinquit, ceteras in Italiam mittit; ipse ad urbem proficiscitur.

[23]

Eisdem temporibus C. Curio in Africam profectus ex Sicilia et iam ab initio copias P. Attii Vari despiciens duas legiones ex IIII, quas a Caesare acceperat, D equites transportabat biduoque et noctibus tribus navigatione consumptis appellit ad eum locum, qui appellatur Anquillaria. Hic locus abest a Clupeis passuum XXII milia habetque non incommodam aestate stationem et duobus eminentibus promuntoriis continetur. Huius adventum L. Caesar filius cum X longis navibus ad Clupea praestolans, quas naves Uticae ex praedonum bello subductas P. Attius reficiendas huius belli causa curaverat, veritus navium multitudinem ex alto refugerat appulsaque ad proximum litus trireme constrata et in litore relicta pedibus Adrumetum perfugerat. Id oppidum C. Considius Longus unius legionis praesidio tuebatur. Reliquae Caesaris naves <cognita> eius fuga se Adrumetum receperunt. Hunc secutus Marcius Rufus quaestor navibus XII, quas praesidio onerariis navibus Curio ex Sicilia eduxerat, postquam in litore relictam navem conspexit, hanc remulco abstraxit; ipse ad C. Curionem cum classe redit.

[24]

Curio Marcium Uticam navibus praemittit; ipse eodem cum exercitu proficiscitur biduique iter progressus ad flumen Bagradam pervenit. Ibi C. Caninium Rebilum legatum cum legionibus reliquit; ipse cum equitatu antecedit ad castra exploranda Cornelia, quod is locus peridoneus castris habebatur. Id autem est iugum directum eminens in mare, utraque ex parte praeruptum atque asperum, sed tamen paulo leniore fastigio ab ea parte, quae ad Uticam vergit. Abest directo itinere ab Utica paulo amplius passuum milibus III. Sed hoc itinere est fons, quo mare succedit longius, lateque is locus restagnat; quem si qui vitare voluerit, sex milium circuitu in oppidum pervenit.

[25]

Hoc explorato loco Curio castra Vari conspicit muro oppidoque coniuncta ad portam, quae appellatur Belica, admodum munita natura loci, una ex parte ipso oppido Utica, altera [a] theatro, quod est ante oppidum, substructionibus eius operis maximis, aditu ad castra difficili et angusto. Simul animadvertit multa undique portari atque agi plenissimis viis, quae repentini tumultus timore ex agris in urbem conferantur. Huc equitatum mittit, ut diriperet atque haberet loco praedae; eodemque tempore his rebus subsidio DC Numidae ex oppido peditesque CCCC mittuntur a Varo, quos auxilii causa rex Iuba paucis diebus ante Uticam miserat. Huic et paternum hospitium cum Pompeio et simultas cum Curione intercedebat, quod tribunus plebis legem promulgaverat, qua lege regnum Iubae publicaverat. Concurrunt equites inter se; neque vero primum impetum nostrorum Numidae ferre potuerunt, sed interfectis circiter CXX reliqui se in castra ad oppidum receperunt. Interim adventu longarum navium Curio pronuntiare onerariis navibus iubet, quae stabant ad Uticam numero circiter CC, se in hostium habiturum loco, qui non e vestigio ad castra Cornelia naves traduxisset. Qua pronuntiatione facta temporis puncto sublatis ancoris omnes Uticam relinquunt et quo imperatum est transeunt. Quae res omnium rerum copia complevit exercitum.

[26]

His rebus gestis Curio se in castra ad Bagradam recipit atque universi exercitus conclamatione imperator appellatur posteroque die exercitum Uticam ducit et prope oppidum castra ponit. Nondum opere castrorum perfecto equites ex statione nuntiant magna auxilia equitum peditumque ab rege missa Uticam venire; eodemque tempore vis magna pulveris cernebatur, et vestigio temporis primum agmen erat in conspectu. Novitate rei Curio permotus praemittit equites, qui primum impetum sustineant ac morentur; ipse celeriter ab opere deductis legionibus aciem instruit. Equitesque committunt proelium et, priusquam plane legiones explicari et consistere possent, tota auxilia regis impedita ac perturbata, quod nullo ordine et sine timore iter fecerant, in fugam coniciunt equitatuque omni fere incolumi, quod se per litora celeriter in oppidum recepit, magnum peditum numerum interficiunt.

[27]

Proxima nocte centuriones Marsi duo ex castris Curionis cum manipularibus suis XXII ad Attium Varum perfugiunt. Hi, sive vere quam habuerant opinionem ad eum perferunt, sive etiam auribus Vari serviunt (nam, quae volumus, et credimus libenter et, quae sentimus ipsi, reliquos sentire speramus), confirmant quidem certe totius exercitus animos alienos esse a Curione maximeque opus esse in conspectum exercitus venire et colloquendi dare facultatem. Qua opinione adductus Varus postero die mane legiones ex castris educit. Facit idem Curio, atque una valle non magna interiecta suas uterque copias instruit.

[28]

Erat in exercitu Vari Sextus Quintilius Varus, quem fuisse Corfinii supra demonstratum est. Hic dimissus a Caesare in Africam venerat, legionesque eas traduxerat Curio, quas superioribus temporibus Corfinio receperat Caesar, adeo ut paucis mutatis centurionibus eidem ordines manipulique constarent. Hanc nactus appellationis causam Quintilius circumire aciem Curionis atque obsecrare milites coepit, ne primam sacramenti, quod apud Domitium atque apud se quaestorem dixissent, memoriam deponerent, neu contra eos arma ferrent, qui eadem essent usi fortuna eademque in obsidione perpessi, neu pro his pugnarent, a quibus cum contumelia perfugae appellarentur. Huc pauca ad spem largitionis addidit, quae ab sua liberalitate, si se atque Attium secuti essent, exspectare deberent. Hac habita oratione nullam in partem ab exercitu Curionis fit significatio, atque ita suas uterque copias reducit.

[29]

At in castris Curionis magnus omnium incessit timor animis. Is variis hominum sermonibus celeriter augetur. Unusquisque enim opiniones fingebat et ad id, quod ab alio audierat, sui aliquid timoris addebat. Hoc ubi uno auctore ad plures permanaverat, atque alius alii tradiderat, plures auctores eius rei videbantur. [Civile bellum; genus hominum; cui liceret libere facere et sequi quod vellet; legiones eae, quae paulo ante apud adversarios fuerant; nam etiam Caesaris beneficium mutaverat consuetudo qua offerrentur; municipia etiam diversis partibus coniuncta, namque ex Marsis Pelignisque veniebant, ut qui superiore nocte in contuberniis commilitesque; nonnulli graviora; sermones militum; dubia durius accipiebantur, nonnulla etiam ab eis, qui diligentiores videri volebant, fingebantur.]

[30]

Quibus de causis consilio convocato de summa rerum deliberare incipit. Erant sententiae, quae conandum omnibus modis castraque Vari oppugnanda censerent, quod in huiusmodi militum consiliis otium maxime contrarium esse arbitrarentur; postremo praestare dicebant per virtutem in pugna belli fortunam experiri, quam desertos et circumventos ab suis gravissimum supplicium perpeti. Erant, qui censerent de tertia vigilia in castra Cornelia recedendum, ut maiore spatio temporis interiecto militum mentes sanarentur, simul, si quid gravius accidisset, magna multitudine navium et tutius et facilius in Siciliam receptus daretur.

[31]

Curio utrumque improbans consilium, quantum alteri sententiae deesset animi, tantum alteri superesse dicebat: hos turpissimae fugae rationem habere, illos etiam iniquo loco dimicandum putare. "Qua enim," inquit, "fiducia et opere et natura loci munitissima castra expugnari posse confidimus? Aut vero quid proficimus, si accepto magno detrimento ab oppugnatione castrorum discedimus? Quasi non et felicitas rerum gestarum exercitus benevolentiam imperatoribus et res adversae odia colligant! Castrorum autem mutatio quid habet nisi turpem fugam et desperationem omnium et alienationem exercitus? Nam neque pudentes suspicari oportet sibi parum credi, neque improbos scire sese timeri, quod his licentiam timor augeat noster, illis studia deminuat." "Quod si iam," inquit, "haec explorata habeamus, quae de exercitus alienatione dicuntur, quae quidem ego aut omnino falsa aut certe minora opinione esse confido, quanto haec dissimulari et occultari, quam per nos confirmari praestet? An non, uti corporis vulnera, ita exercitus incommoda sunt tegenda, ne spem adversariis augeamus? At etiam, ut media nocte proficiscamur, addunt, quo maiorem, credo, licentiam habeant, qui peccare conentur. Namque huiusmodi res aut pudore aut metu tenentur; quibus rebus nox maxime adversaria est. Quare neque tanti sum animi, ut sine spe castra oppugnanda censeam, neque tanti timoris, uti spe deficiam, atque omnia prius experienda arbitror magnaque ex parte iam me una vobiscum de re iudicium facturum confido."

[32]

Dimisso consilio contionem advocat militum. Commemorat, quo sit eorum usus studio ad Corfinium Caesar, ut magnam partem Italiae beneficio atque auctoritate eorum suam fecerit. "Vos enim vestrumque factum omnia," inquit, "deinceps municipia sunt secuta, neque sine causa et Caesar amicissime de vobis et illi gravissime iudicaverunt. Pompeius enim nullo proelio pulsus vestri facti praeiudicio demotus Italia excessit; Caesar me, quem sibi carissimum habuit, provinciam Siciliam atque Africam, sine quibus urbem atque Italiam tueri non potest, vestrae fidei commisit. At sunt, qui vos hortentur, ut a nobis desciscatis. Quid enim est illis optatius, quam uno tempore et nos circumvenire et vos nefario scelere obstringere? aut quid irati gravius de vobis sentire possunt, quam ut eos prodatis, qui se vobis omnia debere iudicant, in eorum potestatem veniatis, qui se per vos perisse existimant? An vero in Hispania res gestas Caesaris non audistis? duos pulsos exercitus, duos superatos duces, duas receptas provincias? haec acta diebus XL, quibus in conspectum adversariorum venerit Caesar? An, qui incolumes resistere non potuerunt, perditi resistant? vos autem incerta victoria Caesarem secuti diiudicata iam belli fortuna victum sequamini, cum vestri officii praemia percipere debeatis? Desertos enim se ac proditos a vobis dicunt et prioris sacramenti mentionem faciunt. Vosne vero L. Domitium, an vos Domitius deseruit? Nonne extremam pati fortunam paratos proiecit ille? nonne sibi clam salutem fuga petivit? nonne proditi per illum Caesaris beneficio estis conservati? Sacramento quidem vos tenere qui potuit, cum proiectis fascibus et deposito imperio privatus et captus ipse in alienam venisset potestatem? Relinquitur nova religio, ut eo neglecto sacramento, quo tenemini, respiciatis illud, quod deditione ducis et capitis deminutione sublatum est. At, credo, si Caesarem probatis, in me offenditis. Qui de meis in vos meritis praedicaturus non sum, quae sunt adhuc et mea voluntate et vestra exspectatione leviora; sed tamen sui laboris milites semper eventu belli praemia petiverunt, qui qualis sit futurus, ne vos quidem dubitatis: diligentiam quidem nostram aut, quem ad finem adhuc res processit, fortunam cur praeteream? An paenitet vos, quod salvum atque incolumem exercitum nulla omnino nave desiderata traduxerim? quod classem hostium primo impetu adveniens profligaverim? quod bis per biduum equestri proelio superaverim? quod ex portu sinuque adversariorum CC naves oneratas abduxerim eoque illos compulerim, ut neque pedestri itinere neque navibus commeatu iuvari possint? Hac vos fortuna atque his ducibus repudiatis Corfiniensem ignominiam, Italiae fugam, Hispaniarum deditionem, Africi belli praeiudicia, sequimini! Equidem me Caesaris militem dici volui, vos me imperatoris nomine appellavistis. Cuius si vos paenitet, vestrum vobis beneficium remitto, mihi meum nomen restituite, ne ad contumeliam honorem dedisse videamini."

[33]

Qua oratione permoti milites crebro etiam dicentem interpellabant, ut magno cum dolore infidelitatis suspicionem sustinere viderentur, discedentem vero ex contione universi cohortantur, magno sit animo, necubi dubitet proelium committere et suam fidem virtutemque experiri. Quo facto commutata omnium et voluntate et opinione consensu summo constituit Curio, cum primum sit data potestas, proelio rem committere posteroque die productos eodem loco, quo superioribus diebus constiterat, in acie collocat. Ne Varus quidem dubitat copias producere, sive sollicitandi milites sive aequo loco dimicandi detur occasio, ne facultatem praetermittat.

[34]

Erat vallis inter duas acies, ut supra demonstratum est, non ita magna, at difficili et arduo ascensu. Hanc uterque, si adversariorum copiae transire conarentur, exspectabat, quo aequiore loco proelium committeret. Simul ab sinistro cornu P. Attii equitatus omnis et una levis armaturae interiecti complures, cum se in vallem demitterent, cernebantur. Ad eos Curio equitatum et duas Marrucinorum cohortes mittit; quorum primum impetum equites hostium non tulerunt, sed admissis equis ad suos refugerunt; relicti ab his, qui una procurrerant levis armaturae, circumveniebantur atque interficiebantur ab nostris. Huc tota Vari conversa acies suos fugere et concidi videbat. Tunc Rebilus, legatus Caesaris, quem Curio secum ex Sicilia duxerat, quod magnum habere usum in re militari sciebat, "perterritum," inquit, "hostem vides, Curio: quid dubitas uti temporis opportunitate?" Ille unum elocutus, ut memoria tenerent milites ea, quae pridie sibi confirmassent, sequi sese iubet et praecurrit ante omnes. Adeo erat impedita vallis, ut in ascensu nisi sublevati a suis primi non facile eniterentur. Sed praeoccupatus animus Attianorum militum timore et fuga et caede suorum nihil de resistendo cogitabat, omnesque se iam ab equitatu circumveniri arbitrabantur. Itaque priusquam telum abici posset, aut nostri propius accederent, omnis Vari acies terga vertit seque in castra recepit.

[35]

Qua in fuga Fabius Pelignus quidam ex infimis ordinibus de exercitu Curionis primus agmen fugientium consecutus magna voce Varum nomine appellans requirebat, uti unus esse ex eius militibus et monere aliquid velle ac dicere videretur. Ubi ille saepius appellatus aspexit ac restitit et, quis esset aut quid vellet, quaesivit, umerum apertum gladio appetit paulumque afuit, quin Varum interficeret; quod ille periculum sublato ad eius conatum scuto vitavit. Fabius a proximis militibus circumventus interficitur. Hac fugientium multitudine ac turba portae castrorum occupantur atque iter impeditur, pluresque in eo loco sine vulnere quam in proelio aut fuga intereunt, neque multum afuit, quin etiam castris expellerentur, ac nonnulli protinus eodem cursu in oppidum contenderunt. Sed cum loci natura et munitio castrorum aditum prohibebant, tum quod ad proelium egressi Curionis milites eis rebus indigebant, quae ad oppugnationem castrorum erant usui. Itaque Curio exercitum in castra reducit suis omnibus praeter Fabium incolumibus, ex numero adversariorum circiter DC interfectis ac mille vulneratis; qui omnes discessu Curionis multique praeterea per simulationem vulnerum ex castris in oppidum propter timorem sese recipiunt. Qua re animadversa Varus et terrore exercitus cognito bucinatore in castris et paucis ad speciem tabernaculis relictis de tertia vigilia silentio exercitum in oppidum reducit.

[36]

Postero die Curio obsidere Uticam et vallo circummunire instituit. Erat in oppido multitudo insolens belli diuturnitate otii, Uticenses pro quibusdam Caesaris in se beneficiis illi amicissimi, conventus is qui ex variis generibus constaret, terror ex superioribus proeliis magnus. Itaque de deditione omnes palam loquebantur et cum P. Attio agebant, ne sua pertinacia omnium fortunas perturbari vellet. Haec cum agerentur, nuntii praemissi ab rege Iuba venerunt, qui illum adesse cum magnis copiis dicerent et de custodia ac defensione urbis hortarentur. Quae res eorum perterritos animos confirmavit.

[37]

Nuntiabantur haec eadem Curioni, sed aliquamdiu fides fieri non poterat: tantam habebat suarum rerum fiduciam. Iamque Caesaris in Hispania res secundae in Africam nuntiis ac litteris perferebantur. Quibus omnibus rebus sublatus nihil contra se regem nisurum existimabat. Sed ubi certis auctoribus comperit minus V et XX milibus longe ab Utica eius copias abesse, relictis munitionibus sese in castra Cornelia recepit. Huc frumentum comportare, castra munire, materiam conferre coepit statimque in Siciliam misit, uti duae legiones reliquusque equitatus ad se mitteretur. Castra erant ad bellum ducendum aptissima natura loci et munitione et maris propinquitate et aquae et salis copia, cuius magna vis iam ex proximis erat salinis eo congesta. Non materia multitudine arborum, non frumentum, cuius erant plenissimi agri, deficere poterat. Itaque omnium suorum consensu Curio reliquas copias exspectare et bellum ducere parabat.

[38]

His constitutis rebus probatisque consiliis ex perfugis quibusdam oppidanis audit Iubam revocatum finitimo bello et controversiis Leptitanorum restitisse in regno, Saburram, eius praefectum, cum mediocribus copiis missum Uticae appropinquare. His auctoribus temere credens consilium commutat et proelio rem committere constituit. Multum ad hanc rem probandam adiuvat adulescentia, magnitudo animi, superioris temporis proventus, fiducia rei bene gerendae. His rebus impulsus equitatum omnem prima nocte ad castra hostium mittit ad flumen Bagradam, quibus praeerat Saburra, de quo ante erat auditum; sed rex omnibus copiis insequebatur et sex milium passuum intervallo a Saburra consederat. Equites missi nocte iter conficiunt, imprudentes atque inopinantes hostes aggrediuntur. Numidae enim quadam barbara consuetudine nullis ordinibus passim consederant. Hos oppressos somno et dispersos adorti magnum eorum numerum interficiunt; multi perterriti profugiunt. Quo facto ad Curionem equites revertuntur captivosque ad eum reducunt.

[39]

Curio cum omnibus copiis quarta vigilia exierat cohortibus V castris praesidio relictis. Progressus milia passuum VI equites convenit, rem gestam cognovit; e captivis quaerit, quis castris ad Bagradam praesit: respondent Saburram. Reliqua studio itineris conficiendi quaerere praetermittit proximaque respiciens signa, "videtisne," inquit, "milites, captivorum orationem cum perfugis convenire? abesse regem, exiguas esse copias missas, quae paucis equitibus pares esse non potuerint? Proinde ad praedam, ad gloriam properate, ut iam de praemiis vestris et de referenda gratia cogitare incipiamus." Erant per se magna, quae gesserant equites, praesertim cum eorum exiguus numerus cum tanta multitudine Numidarum confertur. Haec tamen ab ipsis inflatius commemorabantur, ut de suis homines laudibus libenter praedicant. Multa praeterea spolia praeferebantur, capti homines equique producebantur, ut, quicquid intercederet temporis, hoc omne victoriam morari videretur. Ita spei Curionis militum studia non deerant. Equites sequi iubet sese iterque accelerat, ut quam maxime ex fuga perterritos adoriri posset. At illi itinere totius noctis confecti subsequi non poterant, atque alii alio loco resistebant. Ne haec quidem Curionem ad spem morabantur.

[40]

Iuba certior factus a Saburra de nocturno proelio II milia Hispanorum et Gallorum equitum, quos suae custodiae causa circum se habere consuerat, et peditum eam partem, cui maxime confidebat, Saburrae submisit; ipse cum reliquis copiis elephantisque LX lentius subsequitur. Suspicatus praemissis equitibus ipsum affore Curionem Saburra copias equitum peditumque instruit atque his imperat, ut simulatione timoris paulatim cedant ac pedem referant: sese, cum opus esset, signum proelii daturum et, quod rem postulare cognovisset, imperaturum. Curio ad superiorem spem addita praesentis temporis opinione hostes fugere arbitratus copias ex locis superioribus in campum deducit.

[41]

Quibus ex locis cum longius esset progressus, confecto iam labore exercitu XII milium spatio constitit. Dat suis signum Saburra, aciem constituit et circumire ordines atque hortari incipit; sed peditatu dumtaxat procul ad speciem utitur, equites in aciem immittit. Non deest negotio Curio suosque hortatur, ut spem omnem in virtute reponant. Ne militibus quidem ut defessis neque equitibus ut paucis et labore confectis studium ad pugnandum virtusque deerat; sed hi erant numero CC, reliqui in itinere substiterant. Hi, quamcumque in partem impetum fecerant, hostes loco cedere cogebant, sed neque longius fugientes prosequi neque vehementius equos incitare poterant. At equitatus hostium ab utroque cornu circumire aciem nostram et aversos proterere incipit. Cum cohortes ex acie procucurrissent, Numidae integri celeritate impetum nostrorum effugiebant rursusque ad ordines suos se recipientes circumibant et ab acie excludebant. Sic neque in loco manere ordinesque servare neque procurrere et casum subire tutum videbatur. Hostium copiae submissis ab rege auxiliis crebro augebantur; nostros vires lassitudine deficiebant, simul ei, qui vulnera acceperant, neque acie excedere neque in locum tutum referri poterant, quod tota acies equitatu hostium circumdata tenebatur. Hi de sua salute desperantes, ut extremo vitae tempore homines facere consuerunt, aut suam mortem miserabantur aut parentes suos commendabant, si quos ex eo periculo fortuna servare potuisset. Plena erant omnia timoris et luctus.

[42]

Curio, ubi perterritis omnibus neque cohortationes suas neque preces audiri intellegit, unam ut in miseris rebus spem reliquam salutis esse arbitratus, proximos colles capere universos atque eo signa inferri iubet. Hos quoque praeoccupat missus a Saburra equitatus. Tum vero ad summam desperationem nostri perveniunt et partim fugientes ab equitatu interficiuntur, partim integri procumbunt. Hortatur Curionem Cn. Domitius, praefectus equitum, cum paucis equitibus circumsistens, ut fuga salutem petat atque in castra contendat, et se ab eo non discessurum pollicetur. At Curio numquam se amisso exercitu, quem a Caesare fidei commissum acceperit, in eius conspectum reversurum confirmat atque ita proelians interficitur. Equites ex proelio perpauci se recipiunt; sed ei, quos ad novissimum agmen equorum reficiendorum causa substitisse demonstratum est, fuga totius exercitus procul animadversa sese incolumes in castra conferunt. Milites ad unum omnes interficiuntur.

[43]

His rebus cognitis Marcius Rufus quaestor in castris relictus a Curione cohortatur suos, ne animo deficiant. Illi orant atque obsecrant, ut in Siciliam navibus reportentur. Pollicetur magistrisque imperat navium, ut primo vespere omnes scaphas ad litus appulsas habeant. Sed tantus fuit omnium terror, ut alii adesse copias Iubae dicerent, alii cum legionibus instare Varum iamque se pulverem venientium cernere, quarum rerum nihil omnino acciderat, alii classem hostium celeriter advolaturam suspicarentur. Itaque perterritis omnibus sibi quisque consulebat. Qui in classe erant, proficisci properabant. Horum fuga navium onerariarum magistros incitabat; pauci lenunculi ad officium imperiumque conveniebant. Sed tanta erat completis litoribus contentio, qui potissimum ex magno numero conscenderent, ut multitudine atque onere nonnulli deprimerentur, reliqui hoc timore propius adire tardarentur.

[44]

Quibus rebus accidit, ut pauci milites patresque familiae, qui aut gratia aut misericordia valerent aut naves adnare possent, recepti in Siciliam incolumes pervenirent. Reliquae copiae missis ad Varum noctu legatorum numero centurionibus sese ei dediderunt. Quarum cohortium milites postero die ante oppidum Iuba conspicatus suam esse praedicans praedam magnam partem eorum interfici iussit, paucos electos in regnum remisit, cum Varus suam fidem ab eo laedi quereretur neque resistere auderet. Ipse equo in oppidum vectus prosequentibus compluribus senatoribus, quo in numero erat Ser. Sulpicius et Licinius Damasippus paucis, quae fieri vellet, Uticae constituit atque imperavit diebusque post paucis se in regnum cum omnibus copiis recepit.

LIBER III

[1]

Dictatore habente comitia Caesare consules creantur Iulius Caesar et P. Servilius: is enim erat annus, quo per leges ei consulem fieri liceret. His rebus confectis, cum fides tota Italia esset angustior neque creditae pecuniae solverentur, constituit, ut arbitri darentur; per eos fierent aestimationes possessionum et rerum, quanti quaeque earum ante bellum fuisset, atque eae creditoribus traderentur. Hoc et ad timorem novarum tabularum tollendum minuendumve, qui fere bella et civiles dissensiones sequi consuevit, et ad debitorum tuendam existimationem esse aptissimum existimavit. Itemque praetoribus tribunisque plebis rogationes ad populum ferentibus nonnullos ambitus Pompeia lege damnatos illis temporibus, quibus in urbe praesidia legionum Pompeius habuerat, quae iudicia aliis audientibus iudicibus, aliis sententiam ferentibus singulis diebus erant perfecta, in integrum restituit, qui se illi initio civilis belli obtulerant, si sua opera in bello uti vellet, proinde aestimans, ac si usus esset, quoniam sui fecissent potestatem. Statuerat enim prius hos iudicio populi debere restitui, quam suo beneficio videri receptos, ne aut ingratus in referenda gratia aut arrogans in praeripiendo populi beneficio videretur.

[2]

His rebus et feriis Latinis comitiisque omnibus perficiendis XI dies tribuit dictaturaque se abdicat et ab urbe proficiscitur Brundisiumque pervenit. Eo legiones XII, equitatum omnem venire iusserat. Sed tantum navium repperit, ut anguste XV milia legionariorum militum, DC equites transportari possent. Hoc unum Caesari ad celeritatem conficiendi belli defuit. Atque hae ipsae copiae hoc infrequentiores imponuntur, quod multi Gallicis tot bellis defecerant, longumque iter ex Hispania magnum numerum deminuerat, et gravis autumnus in Apulia circumque Brundisium ex saluberrimis Galliae et Hispaniae regionibus omnem exercitum valetudine temptaverat.

[3]

Pompeius annuum spatium ad comparandas copias nactus, quod vacuum a bello atque ab hoste otiosum fuerat, magnam ex Asia Cycladibusque insulis, Corcyra, Athenis, Ponto, Bithynia, Syria, Cilicia, Phoenice, Aegypto classem coegerat, magnam omnibus locis aedificandam curaverat; magnam imperatam Asiae, Syriae regibusque omnibus et dynastis et tetrarchis et liberis Achaiae populis pecuniam exegerat, magnam societates earum provinciarum, quas ipse obtinebat, sibi numerare coegerat.

[4]

Legiones effecerat civium Romanorum VIIII: V ex Italia, quas traduxerat; unam ex Cilicia veteranam, quam factam ex duabus gemellam appellabat; unam ex Creta et Macedonia ex veteranis militibus, qui dimissi a superioribus imperatoribus in his provinciis consederant; duas ex Asia, quas Lentulus consul conscribendas curaverat. Praeterea magnum numerum ex Thessalia, Boeotia, Achaia Epiroque supplementi nomine in legiones distribuerat: his Antonianos milites admiscuerat. Praeter has exspectabat cum Scipione ex Syria legiones II. Sagittarios Creta, Lacedaemone, ex Ponto atque Syria reliquisque civitatibus III milia numero habebat, funditorum cohortes sexcenarias II, equitum VII milia. Ex quibus DC Gallos Deiotarus adduxerat,

D Ariobarzanes ex Cappadocia; ad eundem numerum Cotys ex Thracia dederat et Sadalam filium miserat; ex Macedonia CC erant, quibus Rhascypolis praeerat, excellenti virtute; D ex Gabinianis Alexandria, Gallos Germanosque, quos ibi A. Gabinius praesidii causa apud regem Ptolomaeum reliquerat, Pompeius filius cum classe adduxerat; DCCC ex servis suis pastorumque suorum numero coegerat; CCC Tarcondarius Castor et Domnilaus ex Gallograecia dederant (horum alter una venerat, alter filium miserat); CC ex Syria a Commageno Antiocho, cui magna Pompeius praemia tribuit, missi erant, in his plerique hippotoxotae. Huc Dardanos, Bessos partim mercenarios, partim imperio aut gratia comparatos, item Macedones, Thessalos ac reliquarum gentium et civitatum adiecerat atque eum, quem supra demonstravimus, numerum expleverat.

[5]

Frumenti vim maximam ex Thessalia, Asia, Aegypto, Creta, Cyrenis reliquisque regionibus comparaverat. Hiemare Dyrrachii, Apolloniae omnibusque oppidis maritimis constituerat, ut mare transire Caesarem prohiberet, eiusque rei causa omni ora maritima classem disposuerat. Praeerat Aegyptiis navibus Pompeius filius, Asiaticis D. Laelius et C. Triarius, Syriacis C. Cassius, Rhodiis C. Marcellus cum C. Coponio, Liburnicae atque Achaicae classi Scribonius Libo et M. Octavius. Toti tamen officio maritimo M. Bibulus praepositus cuncta administrabat; ad hunc summa imperii respiciebat.

[6]

Caesar, ut Brundisium venit, contionatus apud milites, quoniam prope ad finem laborum ac periculorum esset perventum, aequo animo mancipia atque impedimenta in Italia relinquerent, ipsi expediti naves conscenderent, quo maior numerus militum posset imponi, omniaque ex victoria et ex sua liberalitate sperarent, conclamantibus omnibus, imperaret, quod vellet, quodcumque imperavisset, se aequo animo esse facturos, II. Non. Ian. naves solvit. Impositae, ut supra demonstratum est, legiones VII. Postridie terram attigit. Inter Cerauniorum saxa et alia loca periculosa quietam nactus stationem et portus omnes timens, quos teneri ab adversariis arbitrabatur, ad eum locum, qui appellabatur Palaeste, omnibus navibus ad unam incolumibus milites exposuit.

[7]

Erat Orici Lucretius Vespillo et Minucius Rufus cum Asiaticis navibus XVIII, quibus iussu D. Laelii praeerant, M. Bibulus cum navibus ex Corcyrae. Sed neque illi sibi confisi ex portu prodire sunt ausi, cum Caesar omnino XII naves longas praesidio duxisset, in quibus erant constratae IIII, neque Bibulus impeditis navibus dispersisque remigibus satis mature occurrit, quod prius ad continentem visus est Caesar, quam de eius adventu fama omnino in eas regiones perferretur.

[8]

Expositis militibus naves eadem nocte Brundisium a Caesare remittuntur, ut reliquae legiones equitatusque transportari possent. Huic officio praepositus erat Fufius Calenus legatus, qui celeritatem in transportandis legionibus adhiberet. Sed serius a terra provectae naves neque usae nocturna aura in redeundo offenderunt. Bibulus enim Corcyrae certior factus de adventu Caesaris, sperans alicui se parti onustarum navium occurrere posse, inanibus occurrit et nactus circiter XXX in eas indiligentiae suae ac doloris iracundiam erupit omnesque incendit eodemque igne nautas dominosque navium interfecit, magnitudine poenae reliquos terreri sperans. Hoc confecto negotio a Sasonis ad Curici portum stationes litoraque omnia longe lateque classibus occupavit custodiisque diligentius dispositis ipse gravissima hieme in navibus excubans neque ullum laborem aut munus despiciens, neque subsidium exspectans si in Caesaris complexum venire posset . . .

[9]

Discessu Liburnarum ex Illyrico M. Octavius cum eis, quas habebat, navibus Salonas pervenit. Ibi concitatis Dalmatis reliquisque barbaris Issam a Caesaris amicitia avertit; conventum Salonis cum neque pollicitationibus neque denuntiatione periculi permovere posset, oppidum oppugnare instituit. Est autem oppidum et loci natura et colle munitum. Sed celeriter cives Romani ligneis effectis turribus his sese munierunt et, cum essent infirmi ad resistendum propter paucitatem hominum crebris confecti vulneribus, ad extremum auxilium descenderunt servosque omnes puberes liberaverunt et praesectis omnium mulierum crinibus tormenta effecerunt. Quorum cognita sententia Octavius quinis castris oppidum circumdedit atque uno tempore obsidione et oppugnationibus eos premere coepit. Illi omnia perpeti parati maxime a re frumentaria laborabant. Cui rei missis ad Caesarem legatis auxilium ab eo petebant; reliqua, ut poterant, incommoda per se sustinebant. Et longo interposito spatio cum diuturnitas oppugnationis neglegentiores Octavianos effecisset, nacti occasionem meridiani temporis discessu eorum pueris mulieribusque in muro dispositis, ne quid cotidianae consuetudinis desideraretur, ipsi manu facta cum eis, quos nuper liberaverant, in proxima Octavii castra irruperunt. His expugnatis eodem impetu altera sunt adorti, inde tertia et quarta et deinceps reliqua omnibusque eos castris expulerunt et magno numero interfecto reliquos atque ipsum Octavium in naves confugere coegerunt. Hic fuit oppugnationis exitus. Iamque hiems appropinquabat, et tantis detrimentis acceptis Octavius desperata oppugnatione oppidi Dyrrachium sese ad Pompeium recepit.

[10]

Demonstravimus L. Vibullium Rufum, Pompei praefectum, bis in potestatem pervenisse Caesaris atque ab eo esse dimissum, semel ad Corfinium, iterum in Hispania. Hunc pro suis beneficiis Caesar idoneum iudicaverat, quem cum mandatis ad Cn. Pompeium mitteret, eundemque apud Cn. Pompeium auctoritatem habere intellegebat. Erat autem haec summa mandatorum: debere utrumque pertinaciae finem facere et ab armis discedere neque amplius fortunam periclitari. Satis esse magna utrimque incommoda accepta, quae pro disciplina et praeceptis habere possent, ut reliquos casus timerent: illum Italia expulsum amissa Sicilia et Sardinia duabusque Hispaniis et cohortibus in Italia atque Hispania civium Romanorum centum atque XXX; se morte Curionis et detrimento Africani exercitus tanto militumque deditione ad Curictam. Proinde sibi ac rei publicae parcerent, cum, quantum in bello fortuna posset, iam ipsi incommodis suis satis essent documento. Hoc unum esse tempus de pace agendi, dum sibi uterque confideret et pares ambo viderentur; si vero alteri paulum modo tribuisset fortuna, non esse usurum condicionibus pacis eum, qui superior videretur, neque fore aequa parte contentum, qui se omnia habiturum confideret. Condiciones pacis, quoniam antea convenire non potuissent, Romae ab senatu et a populo peti debere. Interea et rei publicae et ipsis placere oportere, si uterque in contione statim iuravisset se triduo proximo exercitum dimissurum. Depositis armis auxiliisque, quibus nunc confiderent, necessario populi senatusque iudicio fore utrumque contentum. Haec quo facilius Pompeio probari possent, omnes suas terrestres ubique copias dimissurum . . .

[11]

Vibullius his expositis [Corcyrae] non minus necessarium esse existimavit de repentino adventu Caesaris Pompeium fieri certiorem, uti ad id consilium capere posset, antequam de mandatis agi inciperetur, atque ideo continuato nocte ac die itinere atque omnibus oppidis mutatis ad celeritatem iumentis ad Pompeium contendit, ut adesse Caesarem nuntiaret. Pompeius erat eo tempore in Candavia iterque ex Macedonia in hiberna Apolloniam Dyrrachiumque habebat. Sed re nova perturbatus maioribus itineribus Apolloniam petere coepit, ne Caesar orae maritimae civitates occuparet. At ille expositis militibus eodem die Oricum proficiscitur. Quo cum venisset, L. Torquatus, qui iussu Pompei oppido praeerat praesidiumque ibi Parthinorum habebat, conatus portis clausis oppidum defendere, cum Graecos murum ascendere atque arma capere iuberet, illi autem se contra imperium populi Romani pugnaturos esse negarent, oppidani autem etiam sua sponte Caesarem recipere conarentur, desperatis omnibus auxiliis portas aperuit et se atque oppidum Caesari dedidit incolumisque ab eo conservatus est.

[12]

Recepto Caesar Orico nulla interposita mora Apolloniam proficiscitur. Cuius adventu audito L. Staberius, qui ibi praeerat, aquam comportare in arcem atque eam munire obsidesque ab Apolloniatibus exigere coepit. Illi vero daturos se negare, neque portas consuli praeclusuros, neque sibi iudicium sumpturos contra atque omnis Italia populusque Romanus indicavisset. Quorum cognita voluntate clam profugit Apollonia Staberius. Illi ad Caesarem legatos mittunt oppidoque recipiunt. Hos sequuntur Bullidenses, Amantini et reliquae finitimae civitates totaque Epiros et legatis ad Caesarem missis, quae imperaret, facturos pollicentur.

[13]

At Pompeius cognitis his rebus, quae erant Orici atque Apolloniae gestae, Dyrrachio timens diurnis eo nocturnisque itineribus contendit. Simul Caesar appropinquare dicebatur, tantusque terror incidit eius exercitui, quod properans noctem diei coniunxerat neque iter intermiserat, ut paene omnes ex Epiro finitimisque regionibus signa relinquerent, complures arma proicerent ac fugae simile iter videretur. Sed cum prope Dyrrachium Pompeius constitisset castraque metari iussisset, perterrito etiam tum exercitu princeps Labienus procedit iuratque se eum non deserturum eundemque casum subiturum, quemcumque ei fortuna tribuisset. Hoc idem reliqui iurant legati; tribuni militum centurionesque sequuntur, atque idem omnis exercitus iurat. Caesar praeoccupato itinere ad Dyrrachium finem properandi facit castraque ad flumen Apsum ponit in finibus Apolloniatium, ut bene meritae civitates tutae essent praesidio, ibique reliquarum ex Italia legionum adventum exspectare et sub pellibus hiemare constituit. Hoc idem Pompeius fecit et trans flumen Apsum positis castris eo copias omnes auxiliaque conduxit.

[14]

Calenus legionibus equitibusque Brundisii in naves impositis, ut erat praeceptum a Caesare, quantum navium facultatem habebat, naves solvit paulumque a portu progressus litteras a Caesare accipit, quibus est certior factus portus litoraque omnia classibus adversariorum teneri. Quo cognito se in portum recipit navesque omnes revocat. Una ex his, quae perseveravit neque imperio Caleni obtemperavit, quod erat sine militibus privatoque consilio administrabatur, delata Oricum atque a Bibulo expugnata est; qui de servis liberisque omnibus ad impuberes supplicium sumit et ad unum interficit. Ita exiguo tempore magnoque casu totius exercitus salus constitit.

[15]

Bibulus, ut supra demonstratum est, erat cum classe ad Oricum et, sicuti mari portibusque Caesarem prohibebat, ita ipse omni terra earum regionum prohibebatur; praesidiis enim dispositis omnia litora a Caesare tenebantur, neque lignandi atque aquandi neque naves ad terram religandi potestas fiebat. Erat res in magna difficultate, summisque angustiis rerum necessariarum premebantur, adeo ut cogerentur sicuti reliquum commeatum ita ligna atque aquam Corcyra navibus onerariis supportare; atque etiam uno tempore accidit, ut difficilioribus usi tempestatibus ex pellibus, quibus erant tectae naves, nocturnum excipere rorem cogerentur; quas tamen difficultates patienter atque aequo animo ferebant neque sibi nudanda litora et relinquendos portus existimabant. Sed cum essent in quibus demonstravi angustiis, ac se Libo cum Bibulo coniunxisset, loquuntur ambo ex navibus cum M. Acilio et Statio Murco legatis; quorum alter oppidi muris, alter praesidiis terrestribus praeerat: velle se de maximis rebus cum Caesare loqui, si sibi eius rei facultas detur. Huc addunt pauca rei confirmandae causa, ut de compositione acturi viderentur. Interim postulant ut sint indutiae, atque ab eis impetrant. Magnum enim, quod afferebant, videbatur, et Caesarem id summe sciebant cupere, et profectum aliquid Vibulli mandatis existimabatur.

[16]

Caesar eo tempore cum legione una profectus ad recipiendas ulteriores civitates et rem frumentariam expediendam, qua angusta utebatur, erat ad Buthrotum, oppidum oppositum Corcyrae. Ibi certior ab Acilio et Murco per litteras factus de postulatis Libonis et Bibuli legionem relinquit; ipse Oricum revertitur. Eo cum venisset, evocantur illi ad colloquium. Prodit Libo atque excusat Bibulum, quod is iracundia summa erat inimicitiasque habebat etiam privatas cum Caesare ex aedilitate et praetura conceptas: ob eam causam colloquium vitasse, ne res maximae spei maximaeque utilitatis eius iracundia impedirentur. Suam summam esse ac fuisse semper voluntatem, ut componeretur atque ab armis discederetur, sed potestatem eius rei nullam habere, propterea quod de consilii sententia summam belli rerumque omnium Pompeio permiserint. Sed postulatis Caesaris cognitis missuros ad Pompeium, atque illum reliqua per se acturum hortantibus ipsis. Interea manerent indutiae, dum ab illo rediri posset, neve alter alteri noceret. Huc addit pauca de causa et de copiis auxiliisque suis.

[17]

Quibus rebus neque tum respondendum Caesar existimavit, neque nunc, ut memoriae prodantur, satis causae putamus. Postulabat Caesar, ut legatos sibi ad Pompeium sine periculo mittere liceret, idque ipsi fore reciperent aut acceptos per se ad eum perducerent. Quod ad indutias pertineret, sic belli rationem esse divisam, ut illi classe naves auxiliaque sua impedirent, ipse ut aqua terraque eos prohiberet. Si hoc sibi remitti vellent, remitterent ipsi de maritimis custodiis; si illud tenerent, se quoque id retenturum. Nihilo minus tamen agi posse de compositione, ut haec non remitterentur, neque hanc rem illi esse impedimento. Libo neque legatos Caesaris recipere neque periculum praestare eorum, sed totam rem ad Pompeium reicere: unum instare de indutiis vehementissimeque contendere. Quem ubi Caesar intellexit praesentis periculi atque inopiae vitandae causa omnem orationem instituisse neque ullam spem aut condicionem pacis afferre, ad reliquam cogitationem belli sese recepit.

[18]

Bibulus multos dies terra prohibitus et graviore morbo ex frigore et labore implicitus, cum neque curari posset neque susceptum officium deserere vellet, vim morbi sustinere non potuit. Eo mortuo ad neminem unum summa imperii redit, sed separatim suam quisque classem ad arbitrium suum administrabat. Vibullius sedato tumultu, quem repentinus adventus Caesaris concitaverat, ubi primum e re visum est, adhibito Libone et L. Lucceio et Theophane, quibuscum communicare de maximis rebus Pompeius consueverat, de mandatis Caesaris agere instituit. Quem ingressum in sermonem Pompeius interpellavit et loqui plura prohibuit. "Quid mihi," inquit, "aut vita aut civitate opus est, quam beneficio Caesaris habere videbor? cuius rei opinio tolli non poterit, cum in Italiam, ex qua profectus sum reductus existimabor bello perfecto." Ab eis Caesar haec facta cognovit, qui sermoni interfuerunt; conatus tamen nihilo minus est aliis rationibus per colloquia de pace agere.

[19]

Inter bina castra Pompei atque Caesaris unum flumen tantum intererat Apsus, crebraque inter se colloquia milites habebant, neque ullum interim telum per pactiones loquentium traiciebatur. Mittit P. Vatinium legatum ad ripam ipsam fluminis, qui ea, quae maxime ad pacem pertinere viderentur, ageret et crebro magna voce pronuntiaret, liceretne civibus ad cives de pace legatos mittere, quod etiam fugitivis ab saltu Pyrenaeo praedonibusque licuisset, praesertim eum id agerent, ne cives cum civibus armis decertarent? Multa suppliciter locutus est, ut de sua atque omnium salute debebat, silentioque ab utrisque militibus auditus. Responsum est ab altera parte Aulum Varronem profiteri se altera die ad colloquium venturum atque una visurum, quemadmodum tuto legati venire et quae vellent exponere possent; certumque ei rei tempus constituitur. Quo cum esset postero die ventum, magna utrimque multitudo convenit, magnaque erat exspectatio eius rei, atque omnium animi intenti esse ad pacem videbantur. Qua ex frequentia, Titus Labienus prodit, sed missa oratione de pace, loqui atque altercari cum Vatinio incipit. Quorum mediam orationem interrumpunt subito undique tela immissa; quae ille obtectus armis militum vitavit; vulnerantur tamen complures, in his Cornelius Balbus, M. Plotius, L. Tiburtius, centuriones militesque nonnulli. Tum Labienus: "desinite ergo de compositione loqui; nam nobis nisi Caesaris capite relato pax esse nulla potest."

[20]

Eisdem temporibus M. Caelius Rufus praetor causa debitorum suscepta initio magistratus tribunal suum iuxta C. Treboni, praetoris urbani, sellam collocavit et, si quis appellavisset de aestimatione et de solutionibus, quae per arbitrum fierent, ut Caesar praesens constituerat, fore auxilio pollicebatur. Sed fiebat aequitate decreti et humanitate Treboni, qui his temporibus clementer et moderate ius dicendum existimabat, ut reperiri non possent, a quibus initium appellandi nasceretur. Nam fortasse inopiam excusare et calamitatem aut propriam suam aut temporum queri et difficultates auctionandi proponere etiam mediocris est animi; integras vero tenere possessiones, qui se debere fateantur, cuius animi aut cuius impudentiae est? Itaque, hoc qui postularet reperiebatur nemo. Atque ipsis, ad quorum commodum pertinebat, durior inventus est Caelius. Et ab hoc profectus initio, ne frustra ingressus turpem causam videretur, legem promulgavit, ut sexenni die sine usuris creditae pecuniae solvantur.

[21]

Cum resisteret Servilius consul reliquique magistratus, et minus opinione sua efficeret, ad hominum excitanda studia sublata priore lege duas promulgavit: unam, qua mercedes habitationum annuas conductoribus donavit, aliam tabularum novarum, impetuque multitudinis in C. Trebonium facto et nonnullis vulneratis eum de tribunali deturbavit. De quibus rebus Servilius consul ad senatum rettulit, senatusque Caelium ab re publica removendum censuit. Hoc decreto eum consul senatu prohibuit et contionari conantem de rostris deduxit. Ille ignominia et dolore permotus palam se proficisci ad Caesarem simulavit; clam nuntiis ad Milonem missis, qui Clodio interfecto eo nomine erat damnatus, atque eo in Italiam evocato, quod magnis muneribus datis gladiatoriae familiae reliquias habebat, sibi coniiunxit atque eum in Thurinum ad sollicitandos pastores praemisit. Ipse cum Casilinum venisset, unoque tempore signa eius militaria atque arma Capuae essent comprensa et familia Neapoli visa, quae proditionem oppidi appararet, patefactis consiliis exclusus Capua et periculum veritus, quod conventus arma ceperat atque eum hostis loco habendum existimabat, consilio destitit atque eo itinere sese avertit.

[22]

Interim Milo dimissis circum municipia litteris, se ea, quae faceret, iussu atque imperio facere Pompei, quae mandata ad se per Vibullium delata essent, quos ex aere alieno laborare arbitrabatur, sollicitabat. Apud quos cum proficere nihil posset, quibusdam solutis ergastulis Cosam in agro Thurino oppugnare coepit. Eo cum a Q. Pedio praetore cum legione . . . lapide ictus ex muro periit. Et Caelius profectus, ut dictitabat, ad Caesarem pervenit Thurios. Ubi cum quosdam eius municipii sollicitaret equitibusque Caesaris Gallis atque Hispanis, qui eo praesidii causa missi erant, pecuniam polliceretur, ab his est interfectus. Ita magnarum initia rerum, quae occupatione magistratuum et temporum sollicitam Italiam habebant, celerem et facilem exitum habuerunt.

[23]

Libo profectus ab Orico cum classe, cui praeerat, navium L, Brundisium venit insulamque, quae contra portum Brundisinum est, occupavit, quod praestare arbitrabatur unum locum, qua necessarius nostris erat egressus, quam omnia litora ac portus custodia clausos teneri. Hic repentino adventu naves onerarias quasdam nactus incendit et unam frumento onustam abduxit magnumque nostris terrorem iniecit et noctu militibus ac sagittariis in terram expositis praesidium equitum deiecit et adeo loci opportunitate profecit, uti ad Pompeium litteras mitteret, naves reliquas, si vellet, subduci et refici iuberet: sua classe auxilia sese Caesaris prohibiturum.

[24]

Erat eo tempore Antonius Brundisii; is virtute militum confisus scaphas navium magnarum circiter LX cratibus pluteisque contexit eoque milites delectos imposuit atque eas in litore pluribus locis separatim disposuit navesque triremes duas, quas Brundisii faciendas curaverat, per causam exercendorum remigum ad fauces portus prodire iussit. Has cum audacius progressas Libo vidisset, sperans intercipi posse, quadriremes V ad eas misit. Quae cum navibus nostris appropinquassent, nostri veterani in portum refugiebant: illi studio incitati incautius sequebantur. Iam ex omnibus partibus subito Antonianae scaphae signo dato se in hostes incitaverunt primoque impeto unam ex his quadriremibus cum remigibus defensoribusque suis ceperunt, reliquas turpiter refugere coegerunt. Ad hoc detrimentum accessit, ut equitibus per oram maritimam ab Antonio dispositis aquari prohiberentur. Qua necessitate et ignominia permotus Libo discessit a Brundisio obsessionemque nostrorum omisit.

[25]

Multi iam menses erant et hiems praecipitaverat, neque Brundisio naves legionesque ad Caesarem veniebant. Ac nonnullae eius rei praetermissae occasiones Caesari videbantur, quod certi saepe flaverant venti, quibus necessario committendum existimabat. Quantoque eius amplius processerat temporis, tanto erant alacriores ad custodias, qui classibus praeerant, maioremque fiduciam prohibendi habebant, et crebris Pompei litteris castigabantur, quoniam primo venientem Caesarem non prohibuissent, ut reliquos eius exercitus impedirent, duriusque cotidie tempus ad transportandum lenioribus ventis exspectabant. Quibus rebus permotus Caesar Brundisium ad suos severius scripsit, nacti idoneum ventum ne occasionem navigandi dimitterent, sive ad litora Apolloniatium [sive ad Labeatium] cursum dirigere atque eo naves eicere possent. Haec a custodiis classium loca maxime vacabant, quod se longius a portibus committere non audebant.

[26]

Illi adhibita audacia et virtute administrantibus M. Antonio et Fufio Caleno, multum ipsis militibus hortantibus neque ullum periculum pro salute Caesaris recusantibus nacti austrum naves solvunt atque altero die Apolloniam praetervehuntur. Qui cum essent ex continenti visi, Coponius, qui Dyrrachii classi Rhodiae praeerat, naves ex portu educit, et cum iam nostris remissiore vento appropinquasset, idem auster increbuit nostrisque praesidio fuit. Neque vero ille ob eam causam conatu desistebat, sed labore et perseverantia nautarum etiam vim tempestatis superari posse sperabat praetervectosque Dyrrachium magna vi venti nihilo secius sequebatur. Nostri usi fortunae beneficio tamen impetum classis timebant, si forte ventus remisisset. Nacti portum, qui appellatur Nymphaeum, ultra Lissum milia passuum III, eo naves introduxerunt (qui portus ab Africo tegebatur, ab austro non erat tutus) leviusque tempestatis quam classis periculum aestimaverunt. Quo simulatque introitum est, incredibili felicitate auster, qui per biduum flaverat, in Africum se vertit.

[27]

Hic subitam commutationem fortunae videre licuit. Qui modo sibi timuerant, hos tutissimus portus recipiebat; qui nostris navibus periculum intulerant, de suo timere cogebantur. Itaque tempore commutato tempestas et nostros texit et naves Rhodias afflixit, ita ut ad unam omnes, constratae numero XVI, eliderentur et naufragio interirent, et ex magno remigum propugnatorumque numero pars ad scopulos allisa interficeretur, pars ab nostris detraheretur; quos omnes conservatos Caesar domum dimisit.

[28]

Nostrae naves duae tardius cursu confecto in noctem coniectae, cum ignorarent, quem locum reliquae cepissent, contra Lissum in ancoris constiterunt. Has scaphis minoribusque navigiis compluribus immissis Otacilius Crassus, qui Lissi praeerat, expugnare parabat; simul de deditione eorum agebat et incolumitatem deditis pollicebatur. Harum altera navis CCXX e legione tironum sustulerat, altera ex veterana paulo minus CC. Hic cognosci licuit, quantum esset hominibus praesidii in animi firmitudine. Tirones enim multitudine navium perterriti et salo nauseaque confecti iureiurando accepto, nihil eis nocituros hostes, se Otacilio dediderunt; qui omnes ad eum producti contra religionem iurisiurandi in eius conspectu crudelissime interficiuntur. At veteranae legionis milites, item conflictati et tempestatis et sentinae vitiis, neque ex pristina virtute remittendum aliquid putaverunt, et tractandis condicionibus et simulatione deditionis extracto primo noctis tempore gubernatorem in terram navem eicere cogunt, ipsi idoneum locum nacti reliquam noctis partem ibi confecerunt et luce prima missis ad eos ab Otacilio equitibus, qui eam partem orae maritimae asservabant, circiter CCCC, quique eos armati ex praesidio secuti sunt, se defenderunt et nonnullis eorum interfectis incolumes se ad nostros receperunt.

[29]

Quo facto conventus civium Romanorum, qui Lissum obtinebant, quod oppidum eis antea Caesar attribuerat muniendumque curaverat, Antonium recepit omnibusque rebus iuvit. Otacilius sibi timens ex oppido fugit et ad Pompeium pervenit. Expositis omnibus copiis Antonius, quarum erat summa veteranarum trium legionum uniusque tironum et equitum DCCC, plerasque naves in Italiam remittit ad reliquos milites equitesque transportandos, pontones, quod est genus navium Gallicarum, Lissi relinquit, hoc consilio, ut si forte Pompeius vacuam existimans Italiam eo traiecisset exercitum, quae opinio erat edita in vulgus, aliquam Caesar ad insequendum facultatem haberet, nuntiosque ad eum celeriter mittit, quibus regionibus exercitum exposuisset et quid militum transvexisset.

[30]

Haec eodem fere tempore Caesar atque Pompeius cognoscunt. Nam praetervectas Apolloniam Dyrrachiumque naves viderant ipsi, ut iter secundum eas terras direxerant, sed quo essent eae delatae, primus diebus ignorabant. Cognitaque re diversa sibi ambo consilia capiunt: Caesar, ut quam primum se cum Antonio coniungeret; Pompeius, ut venientibus in itinere se opponeret, si imprudentes ex insidiis, adoriri posset, eodemque die uterque eorum ex castris stativis a flumine Apso exercitum educunt: Pompeius clam et noctu, Caesar palam atque interdiu. Sed Caesari circuitu maiore iter erat longius, adverso flumine, ut vado transire posset; Pompeius, quia expedito itinere flumen ei transeundum non erat, magnis itineribus ad Antonium contendit atque eum ubi appropinquare cognovit, idoneum locum nactus ibi copias collocavit suosque omnes in castris continuit ignesque fieri prohibuit, quo occultior esset eius adventus. Haec ad Antonium statim per Graecos deferuntur. Ille missis ad Caesarem nuntiis unum diem sese castris tenuit; altero die ad eum pervenit Caesar. Cuius adventu cognito Pompeius, ne duobus circumcluderetur exercitibus, ex eo loco discedit omnibusque copiis ad Asparagium Dyrrachinorum pervenit atque ibi idoneo loco castra ponit.

[31]

His temporibus Scipio detrimentis quibusdam circa montem Amanum acceptis imperatorem se appellaverat. Quo facto civitatibus tyrannisque magnas imperaverat pecunias, item a publicanis suae provinciae debitam biennii pecuniam exegerat et ab eisdem insequentis anni mutuam praeceperat equitesque toti provinciae imperaverat. Quibus coactis, finitimis hostibus Parthis post se relictis, qui paulo ante M. Crassum imperatorem interfecerant et M. Bibulum in obsidione habuerant, legiones equitesque ex Syria deduxerat. Summamque in sollicitudinem ac timorem Parthici belli provincia cum venisset, ac nonnullae militum voces cum audirentur, sese, contra hostem si ducerentur, ituros, contra civem et consulem arma non laturos, deductis Pergamum atque in locupletissimas urbes in hiberna legionibus maximas largitiones fecit et confirmandorum militum causa diripiendas his civitates dedit.

[32]

Interim acerbissime imperatae pecuniae tota provincia exigebantur. Multa praeterea generatim ad avaritiam excogitabantur. In capita singula servorum ac liberorum tributum imponebatur; columnaria, ostiaria, frumentum, milites, arma, remiges, tormenta, vecturae imperabantur; cuius modo rei nomen reperiri poterat, hoc satis esse ad cogendas pecunias videbatur. Non solum urbibus, sed paene vicis castellisque singulis cum imperio praeficiebantur. Qui horum quid acerbissime crudelissimeque fecerat, is et vir et civis optimus habebatur. Erat plena lictorum et imperiorum provincia, differta praefectis atque exactoribus: qui praeter imperatas pecunias suo etiam privato compendio serviebant; dictitabant enim se domo patriaque expulsos omnibus necessariis egere rebus, ut honesta praescriptione rem turpissimam tegerent. Accedebant ad haec gravissimae usurae, quod in bello plerumque accidere consuevit universis imperatis pecuniis; quibus in rebus prolationem diei donationem esse dicebant. Itaque aes alienum provinciae eo biennio multiplicatum est. Neque minus ob eam causam civibus Romanis eius provinciae, sed in singulos conventus singulasque civitates certae pecuniae imperabantur, mutuasque illas ex senatusconsulto exigi dictitabant; publicanis, ut in Syria fecerant, insequentis anni vectigal promutuum.

[33]

Praeterea Ephesi a fano Dianae depositas antiquitus pecunias Scipio tolli iubebat. Certaque eius rei die constituta cum in fanum ventum esset adhibitis compluribus ordinis senatorii, quos advocaverat Scipio, litterae ei redduntur a Pompeio, mare transisse cum legionibus Caesarem: properaret ad se cum exercitu venire omniaque posthaberet. His litteris acceptis quos advocaverat dimittit; ipse iter in Macedoniam parare incipit paucisque post diebus est profectus. Haec res Ephesiae pecuniae salutem attulit.

[34]

Caesar Antonii exercitu coniuncto deducta Orico legione, quam tuendae orae maritimae causa posuerat, temptandas sibi provincias longiusque procedendum existimabat et, cum ad eum ex Thessalia Aetoliaque legati venissent, qui praesidio misso pollicerentur earum gentium civitates imperata facturas, L. Cassium Longinum cum legione tironum, quae appellabatur XXVII, atque equitibus CC in Thessaliam, C. Calvisium Sabinum cum cohortibus V paucisque equitibus in Aetoliam misit; maxime eos, quod erant propinquae regiones, de re frumentaria ut providerent, hortatus est. Cn. Domitium Calvinum cum legionibus duabus, XI et XII, et equitibus D in Macedoniam proficisci iussit; cuius provinciae ab ea parte, quae libera appellabatur, Menedemus, princeps earum regionum, missus legatus omnium suorum excellens studium profitebatur.

[35]

Ex his Calvisius primo adventu summa omnium Aetolorum receptus voluntate, praesidiis adversariorum Calydone et Naupacto eiectis, omni Aetolia potitus est. Cassius in Thessaliam cum legione pervenit. Hic cum essent factiones duae, varia voluntate civitatum utebatur: Hegesaretos, veteris homo potentiae, Pompeianis rebus studebat; Petraeus, summae nobilitatis adulescens, suis ac suorum opibus Caesarem enixe iuvabat.

[36]

Eodemque tempore Domitius in Macedoniam venit; et cum ad eum frequentes civitatum legationes convenire coepissent, nuntiatum est adesse Scipionem cum legionibus, magna opinione et fama omnium; nam plerumque in novitate rem fama antecedit. Hic nullo in loco Macedoniae moratus magno impetu tetendit ad Domitium et, cum ab eo milia passuum XX afuisset, subito se ad Cassium Longinum in Thessaliam convertit. Hoc adeo celeriter fecit, ut simul adesse et venire nuntiaretur, et quo iter expeditius faceret, M. Favonium ad flumen Aliacmonem, quod Macedoniam a Thessalia dividit, cum cohortibus VIII praesidio impedimentis legionum reliquit castellumque ibi muniri iussit. Eodem tempore equitatus regis Cotyis ad castra Cassii advolavit, qui circum Thessaliam esse consuerat. Tum timore perterritus Cassius cognito Scipionis adventu visisque equitibus, quos Scipionis esse arbitrabatur, ad montes se convertit, qui Thessaliam cingunt, atque ex his locis Ambraciam versus iter facere coepit. At Scipionem properantem sequi litterae sunt consecutae a M. Favonio, Domitium cum legionibus adesse neque se praesidium, ubi constitutus esset, sine auxilio Scipionis tenere posse. Quibus litteris acceptis consilium Scipio iterque commutat; Cassium sequi desistit, Favonio auxilium ferre contendit. Itaque die ac nocte continuato itinere ad eum pervenit, tam opportuno tempore, ut simul Domitiani exercitus pulvis cerneretur, et primi antecursores Scipionis viderentur. Ita Cassio industria Domitii, Favonio Scipionis celeritas salutem attulit.

[37]

Scipio biduum castris stativis moratus ad flumen, quod inter eum et Domitii castra fluebat, Aliacmonem, tertio die prima luce exercitum vado traducit et castris positis postero die mane copias ante frontem castrorum instruit. Domitius tum quoque sibi dubitandum non putavit, quin productis legionibus proelio decertaret. Sed cum esset inter bina castra campus circiter milium passuum II, Domitius castris Scipionis aciem suam subiecit; ille a vallo non discedere perseveravit. Ac tamen aegre retentis Domitianis militibus est factum, ne proelio contenderetur, et maxime, quod rivus difficilibus ripis subiectus castris Scipionis progressus nostrorum impediebat. Quorum studium alacritatemque pugnandi cum cognovisset Scipio, suspicatus fore, ut postero die aut invitus dimicare cogeretur aut magna cum infamia castris se contineret, qui magna exspectatione venisset, temere progressus turpem habuit exitum et noctu ne conclamatis quidem vasis flumen transit atque in eandem partem, ex qua venerat, redit ibique prope flumen edito natura loco castra posuit. Paucis diebus interpositis noctu insidias equitum collocavit, quo in loco superioribus fere diebus nostri pabulari consueverant; et cum cotidiana consuetudine Qu. Varus, praefectus equitum Domitii, venisset, subito illi ex insidiis consurrexerunt. Sed nostri fortiter impetum eorum tulerunt, celeriterque ad suos quisque ordines rediit, atque ultro universi in hostes impetum fecerunt; ex his circiter LXXX interfectis, reliquis in fugam coniectis, duobus amissis in castra se receperunt.

[38]

His rebus gestis Domitius, sperans Scipionem ad pugnam elici posse, simulavit sese angustiis rei frumentariae adductum castra movere, vasisque militari more conclamatis progressus milia passuum III loco idoneo et occulto omnem exercitum equitatumque collocavit. Scipio ad sequendum paratus equitus magnam partem ad explorandum iter Domitii et cognoscendum praemisit. Qui cum essent progressi, primaeque turmae insidias intravissent, ex fremitu equorum illata suspicione ad suos se recipere coeperunt, quique hos sequebantur celerem eorum receptum conspicati restiterunt. Nostri, cognitis insidiis, ne frustra reliquos exspectarent, duas nacti turmas exceperunt (in his fuit M. Opimius, praefectus equitum), reliquos omnes aut interfecerunt aut captos ad Domitium deduxerunt.

[39]

Deductis orae maritimae praesidiis Caesar, ut supra demonstratum est, III cohortes Orici oppidi tuendi causa reliquit isdemque custodiam navium longarum tradidit, quas ex Italia traduxerat. Huic officio oppidoque Acilius Caninus legatus praeerat. Is naves nostras interiorem in portum post oppidum reduxit et ad terram deligavit faucibusque portus navem onerariam submersam obiecit et huic alteram coniunxit; super quam turrim effectam ad ipsum introitum portus opposuit et militibus complevit tuendamque ad omnes repentinos casus tradidit.

[40]

Quibus cognitis rebus Cn. Pompeius filius, qui classi Aegyptiae praeerat, ad Oricum venit submersamque navim remulco multisque contendens funibus adduxit atque alteram navem, quae erat ad custodiam ab Acilio posita, pluribus aggressus navibus, in quibus ad libram fecerat turres, ut ex superiore pugnans loco integrosque semper defatigatis submittens et reliquis partibus simul ex terra scalis et classe moenia oppidi temptans, uti adversariorum manus diduceret, labore et multitudine telorum nostros vicit, deiectisque defensoribus, qui omnes scaphis excepti refugerant, eam navem expugnavit, eodemque tempore ex altera parte molem tenuit naturalem obiectam, quae paene insulam oppidum effecerat, et IIII biremes subiectis scutulis impulsas vectibus in interiorem portum traduxit. Ita ex utraque parte naves longas aggressus, quae erant deligatae ad terram atque inanes, IIII ex his abduxit, reliquas incendit. Hoc confecto negotio D. Laelium ab Asiatica classe abductum reliquit, qui commeatus Bullide atque Amantia importari in oppidum prohibebat. Ipse Lissum profectus naves onerarias XXX a M. Antonio relictas intra portum aggressus omnes incendit; Lissum expugnare conatus defendentibus civibus Romanis, qui eius conventus erant, militibusque, quos praesidii causa miserat Caesar, triduum moratus paucis in oppugnatione amissis re infecta inde discessit.

[41]

Caesar, postquam Pompeium ad Asparagium esse cognovit, eodem cum exercitu profectus expugnato in itinere oppido Parthinorum, in quo Pompeius praesidium habebat, tertio die ad Pompeium pervenit iuxtaque eum castra posuit et postridie eductis omnibus copiis acie instructa decernendi potestatem Pompeio fecit. Ubi illum suis locis se tenere animadvertit, reducto in castra exercitu aliud sibi consilium capiendum existimavit. Itaque postero die omnibus copiis magno circuitu difficili angustoque itinere Dyrrachium profectus est sperans Pompeium aut Dyrrachium compelli aut ab eo intercludi posse, quod omnem commeatum totiusque belli apparatum eo contulisset; ut accidit Pompeius enim primo ignorans eius consilium, quod diverso ab ea regione itinere profectum videbat, angustiis rei frumentariae compulsum discessisse existimabat; postea per exploratores certior factus postero die castra movit, breviore itinere se occurrere ei posse sperans. Quod fore suspicatus Caesar militesque adhortatus, ut aequo animo laborem ferrent, parvam partem noctis itinere intermisso mane Dyrrachium venit, cum primum agmen Pompei procul cerneretur, atque ibi castra posuit.

[42]

Pompeius interclusus Dyrrachio, ubi propositum tenere non potuit, secundo usus consilio edito loco, qui appellatur Petra aditumque habet navibus mediocrem atque eas a quibusdam protegit ventis, castra communit. Eo partem navium longarum convenire, frumentum commeatumque ab Asia atque omnibus regionibus, quas tenebat, comportari imperat. Caesar longius bellum ductum iri existimans et de Italicis commeatibus desperans, quod tanta diligentia omni litora a Pompeianis tenebantur, classesque ipsius, quas hieme in Sicilia, Gallia, Italia fecerat, morabantur, in Epirum rei frumentariae causa Q. Tillium et L. Canuleium legatum misit, quodque hae regiones aberant longius, locis certis horrea constituit vecturasque frumenti finitimis civitatibus descripsit. Item Lisso Parthinisque et omnibus castellis quod esset frumenti conquiri iussit. Id erat perexiguum cum ipsius agri natura, quod sunt loca aspera ac montuosa ac plerumque frumento utuntur importato, tum quod Pompeius haec providerat et superioribus diebus praedae loco Parthinos habuerat frumentumque omne conquisitum spoliatis effossisque eorum domibus per equites comportarat.

[43]

Quibus rebus cognitis Caesar consilium capit ex loci natura. Erant enim circum castra Pompei permulti editi atque asperi colles. Hos primum praesidiis tenuit castellaque ibi communit. Inde, ut loci cuiusque natura ferebat, ex castello in castellum perducta munitione circumvallare Pompeium instituit, haec spectans, quod angusta re frumentaria utebatur quodque Pompeius multitudine equitum valebat, quo minore periculo undique frumentum commeatumque exercitui supportare posset, simul, uti pabulatione Pompeium prohiberet equitatumque eius ad rem gerendam inutilem efficeret, tertio, ut auctoritatem qua ille maxime apud exteras nationes niti videbatur, minueret, cum fama per orbem terrarum percrebuisset, illum a Caesare obsideri neque audere proelio dimicare.

[44]

Pompeius neque a mari Dyrrachioque discedere volebat, quod omnem apparatum belli, tela, arma, tormenta ibi collocaverat frumentumque exercitui navibus supportabat, neque munitiones Caesaris prohibere poterat, nisi proelio decertare vellet; quod eo tempore statuerat non esse faciendum. Relinquebatur, ut extremam rationem belli sequens quam plurimos colles occuparet et quam latissimas regiones praesidiis teneret Caesarisque copias, quam maxime posset, distineret; idque accidit. Castellis enim XXIIII effectis XV milia passuum circuitu amplexus hoc spatio pabulabatur; multaque erant intra eum locum manu sata, quibus interim iumenta pasceret. Atque ut nostri perpetua munitione providebant, ne quo loco erumperent Pompeiani ac nostros post tergum adorirentur, ita illi interiore spatio perpetuas munitiones efficiebant, ne quem locum nostri intrare atque ipsos a tergo circumvenire possent. Sed illi operibus vincebant, quod et numero militum praestabant et interiore spatio minorem circuitum habebant. Quaecumque erant loca Caesari capienda, etsi prohibere Pompeius totis copiis et dimicare non constituerat, tamen suis locis sagittarios funditoresque mittebat, quorum magnum habebat numerum, multique ex nostris vulnerabantur, magnusque incesserat timor sagittarum, atque omnes fere milites aut ex coactis aut ex centonibus aut ex coriis tunicas aut tegimenta fecerant, quibus tela vitarent.

[45]

In occupandis praesidiis magna vi uterque nitebatur: Caesar, ut quam angustissime Pompeium contineret; Pompeius, ut quam plurimos colles quam maximo circuitu occuparet, crebraque ob eam causam proelia fiebant. In his cum legio Caesaris nona praesidium quoddam occupavisset et munire coepisset, huic loco propinquum et contrarium collem Pompeius occupavit nostrosque opere prohibere coepit et, cum una ex parte prope aequum aditum haberet, primum sagittariis funditoribusque circumiectis, postea levis armaturae magna multitudine missa tormentisque prolatis munitiones impediebat; neque erat facile nostris uno tempore propugnare et munire. Caesar, cum suos ex omnibus partibus vulnerari videret, recipere se iussit et loco excedere. Erat per declive receptus. Illi autem hoc acrius instabant neque regredi nostros patiebantur, quod timore adducti locum relinquere videbantur. Dicitur eo tempore glorians apud suos Pompeius dixisse: non recusare se, quin nullius usus imperator existimaretur, si sine maximo detrimento legiones Caesaris sese recepissent inde, quo temere essent progressae.

[46]

Caesar receptui suorum timens crates ad extremum tumulum contra hostem proferri et adversas locari, intra has mediocri latitudine fossam tectis militibus obduci iussit locumque in omnes partes quam maxime impediri. Ipse idoneis locis funditores instruxit, ut praesidio nostris se recipientibus essent. His rebus comparatis legionem reduci iussit. Pompeiani hoc insolentius atque audacius nostros premere et instare coeperunt cratesque pro munitione obiectas propulerunt, ut fossas transcenderent. Quod cum animadvertisset Caesar, veritus, ne non reducti, sed reiecti viderentur, maiusque detrimentum caperetur, a medio fere spatio suos per Antonium, qui ei legioni praeerat, cohortatus tuba signum dari atque in hostes impetum fieri iussit. Milites legionis VIIII subito conspirati pila coniecerunt et ex inferiore loco adversus clivum incitati cursu praecipites Pompeianos egerunt et terga vertere coegerunt; quibus ad recipiendum crates derectae longuriique obiecti et institutae fossae magno impedimento fuerunt. Nostri vero, qui satis habebant sine detrimento discedere, compluribus interfectis V omnino suorum amissis quietissime se receperunt pauloque citra eum locum aliis comprehensis collibus munitiones perfecerunt.

[47]

Erat nova et inusitata belli ratio cum tot castellorum numero tantoque spatio et tantis munitionibus et toto obsidionis genere, tum etiam reliquis rebus. Nam quicumque alterum obsidere conati sunt, perculsos atque infirmos hostes adorti aut proelio superatos aut aliqua offensione permotos continuerunt, cum ipsi numero equitum militumque praestarent; causa autem obsidionis haec fere esse consuevit, ut frumento hostes prohiberent. At tum integras atque incolumes copias Caesar inferiore militum numero continebat, cum illi omnium rerum copia abundarent; cotidie enim magnus undique navium numerus conveniebat, quae commeatum supportarent, neque ullus flare ventus poterat, quin aliqua ex parte secundum cursum haberent. Ipse autem consumptis omnibus longe lateque frumentis summis erat in angustiis. Sed tamen haec singulari patientia milites ferebant. Recordabantur enim eadem se superiore anno in Hispania perpessos labore et patientia maximum bellum confecisse, meminerant ad Alesiam magnam se inopiam perpessos, multo etiam maiorem ad Avaricum, maximarum gentium victores discessisse. Non illi hordeum cum daretur, non legumina recusabant; pecus vero cuius rei summa erat ex Epiro copia, magno in honore habebant.

[48]

Est autem genus radicis inventum ab eis, qui fuerant vacui ab operibus, quod appellatur chara, quod admixtum lacte multum inopiam levabat. Id ad similitudinem panis efficiebant. Eius erat magna copia. Ex hoc effectos panes, cum in colloquiis Pompeiani famem nostris obiectarent, vulgo in eos iaciebant, ut spem eorum minuerent.

[49]

Iamque frumenta maturescere incipiebant, atque ipsa spes inopiam sustentabat, quod celeriter se habituros copiam confidebant; crebraeque voces militum in vigiliis colloquiisque audiebantur, prius se cortice ex arboribus victuros, quam Pompeium e manibus dimissuros. Libenter etiam ex perfugis cognoscebant equos eorum tolerari, reliqua vero iumenta interisse; uti autem ipsos valetudine non bona, cum angustiis loci et odore taetro ex multitudine cadaverum et cotidianis laboribus insuetos operum, tum aquae summa inopia affectos. Omnia enim flumina atque omnes rivos, qui ad mare pertinebant, Caesar aut averterat aut magnis operibus obstruxerat, atque ut erant loca montuosa et aspera, angustias vallium sublicis in terram demissis praesaepserat terramque aggesserat, ut aquam contineret. Itaque illi necessario loca sequi demissa ac palustria et puteos fodere cogebantur atque hunc laborem ad cotidiana opera addebant; qui tamen fontes a quibusdam praesidiis aberant longius et celeriter aestibus exarescebant. At Caesaris exercitus optima valetudine summaque aquae copia utebatur, tum commeatus omni genere praeter frumentum abundabat; quibus cotidie melius succedere tempus maioremque spem maturitate frumentorum proponi videbant.

[50]

In novo genere belli novae ab utrisque bellandi rationes reperiebantur. Illi, cum animadvertissent ex ignibus noctu cohortes nostras ad munitiones excubare, silentio aggressi universi intra multitudinem sagittas coniciebant et se confestim ad suos recipiebant. Quibus rebus nostri usu docti haec reperiebant remedia, ut alio loco ignes facerent...

[51]

Interim certior factus P. Sulla, quem discedens catris praefecerat Caesar, auxillo cohorti venit cum legionibus duabus; cuius adventu facile sunt repulsi Pompeiani. Neque vero conspectum aut impetum nostrorum tulerunt, primisque deiectis reliqui se verterunt et loco cesserunt. Sed insequentes nostros, ne longius prosequerentur, Sulla revocavit. At plerique existimant, si acrius insequi voluisset, bellum eo die potuisse finire. Cuius consilium reprehendendum non videtur. Aliae enim sunt legati partes atque imperatoris: alter omnia agere ad praescriptum, alter libere ad summam rerum consulere debet. Sulla a Caesare in castris relictus liberatis suis hoc fuit contentus neque proelio decertare voluit, quae res tamen fortasse aliquem reciperet casum, ne imperatorias sibi partes sumpsisse videretur. Pompeianis magnam res ad receptum difficultatem afferebat. Nam ex iniquo progressi loco in summo constiterant; si per declive sese reciperent, nostros ex superiore insequentes loco verebantur; neque multum ad solis occasum temporis supererat; spe enim conficiendi negotii prope in noctem rem duxerant. Ita necessario atque ex tempore capto consilio Pompeius tumulum quendam occupavit, qui tantum aberat a nostro castello, ut telum tormento missum adigi non posset. Hoc consedit loco atque eum communivit omnesque ibi copias continuit.

[52]

Eodem tempore duobus praeterea locis pugnatum est: nam plura castella Pompeius pariter distinendae manus causa temptaverat, ne ex proximis praesidiis succurri posset. Uno loco Volcatius Tullus impetum legionis sustinuit cohortibus tribus atque eam loco depulit; altero Germani munitiones nostras egressi compluribus interfectis sese ad suos incolumes receperunt.

[53]

Ita uno die VI proeliis factis, tribus ad Dyrrachium, tribus ad munitiones, cum horum omnium ratio haberetur, ad duo milia numero ex Pompeianis cecidisse reperiebamus, evocatos centurionesque complures (in eo fuit numero Valerius Flaccus L. filius eius, qui praetor Asiam obtinuerat); signaque sunt militaria sex relata. Nostri non amplius XX omnibus sunt proeliis desiderati. Sed in castello nemo fuit omnino militum, quin vulneraretur, quattuorque ex una cohorte centuriones oculos amiserunt. Et cum laboris sui periculique testimonium afferre vellent, milia sagittarum circiter XXX in castellum coniecta Caesari renumeraverunt, scutoque ad eum relato Scaevae centurionis inventa sunt in eo foramina CXX. Quem Caesar, ut erat de se meritus et de re publica, donatum milibus CC collaudatumque ab octavis ordinibus ad primipilum se traducere pronuntiavit (eius enim opera castellum magna ex parte conservatum esse constabat) cohortemque postea duplici stipendio, frumento, veste, cibariis militaribusque donis amplissime donavit.

[54]

Pompeius noctu magnis additis munitionibus reliquis diebus turres exstruxit, et in altitudinem pedum XV effectis operibus vineis eam partem castrorum obtexit, et quinque intermissis diebus alteram noctem subnubilam nactus obstructis omnibus castrorum portis et ad impediendum obicibus obiectis tertia inita vigilia silentio exercitum eduxit et se in antiquas munitiones recepit.

[55]

Omnibus deinceps diebus Caesar exercitum in aciem aequum in locum produxit, si Pompeius proelio decertare vellet, ut paene castris Pompei legiones subiceret; tantumque a vallo eius prima acies aberat, uti ne telum tormento adigi posset. Pompeius autem, ut famam opinionemque hominum teneret, sic pro castris exercitum constituebat, ut tertia acies vallum contingeret, omnis quidem instructus exercitus telis ex vallo coniectis protegi posset.

[56]

Aetolia, Acarnania, Amphilochis per Cassium Longinum et Calvisium Sabinum, ut demonstravimus, receptis temptandam sibi Achaiam ac paulo longius progrediendum existimabat Caesar. Itaque eo Calenum misit eique Sabinum et Cassium cum cohortibus adiungit. Quorum cognito adventu Rutilius Lupus, qui Achaiam missus a Pompeio obtinebat, Isthmum praemunire instituit, ut Achaia Fufium prohiberet. Calenus Delphos, Thebas, Orchomenum voluntate ipsarum civitatium recepit, nonnullas urbes per vim expugnavit, reliquas civitates circummissis legationibus amicitia Caesari conciliare studebat. In his rebus fere erat Fufius occupatus.

[57]

Haec cum in Achaia atque apud Dyrrachium gererentur, Scipionemque in Macedoniam venisse constaret, non oblitus pristini instituti Caesar mittit ad eum A. Clodium, suum atque illius familiarem, quem ab illo traditum initio et commendatum in suorum necessariorum numero habere instituerat. Huic dat litteras mandataque ad eum; quorum haec erat summa: sese omnia de pace expertum nihil adhuc effecisse: hoc arbitrari vitio factum eorum, quos esse auctores eius rei voluisset, quod sua mandata perferre non opportuno tempore ad Pompeium vererentur. Scipionem ea esse auctoritate, ut non solum libere quae probasset exponere, sed etiam ex magna parte compellere atque errantem regere posset; praeesse autem suo nomine exercitui, ut praeter auctoritatem vires quoque ad coercendum haberet. Quod si fecisset, quietem Italiae, pacem provinciarum, salutem imperii uni omnes acceptam relaturos. Haec ad eum mandata Clodius refert ac primis diebus, ut videbatur, libenter auditus reliquis ad colloquium non admittitur, castigato Scipione a Favonio, ut postea confecto bello reperiebamus, infectaque re sese ad Caeaarem recepit.

[58]

Caesar, quo facilius equitatum Pompeianum ad Dyrrachium contineret et pabulatione prohiberet, aditus duos, quos esse angustos demonstravimus, magnis operibus praemunivit castellaque his locis posuit. Pompeius, ubi nihil profici equitatu cognovit, paucis intermissis diebus rursus eum navibus ad se intra munitiones recipit. Erat summa inopia pabuli, adeo ut foliis ex arboribus strictis et teneris harundinum radicibus contusis equos alerent (frumenta enim, quae fuerant intra munitiones sata, consumpserant); cogebantur Corcyra atque Acarnania longo interiecto navigationis spatio pabulum supportare, quodque erat eius rei minor copia, hordeo adaugere atque his rationibus equitatum tolerare. Sed postquam non modo hordeum pabulumque omnibus locis herbaeque desectae, sed etiam frons ex arboribus deficiebat, corruptis equis macie conandum sibi aliquid Pompeius de eruptione existimavit.

[59]

Erant apud Caesarem in equitum numero Allobroges duo fratres, Raucillus et Egus, Adbucilli filii, qui principatum in civitate multis annis obtinuerat, singulari virtute homines, quorum opera Caesar omnibus Gallicis bellis optima fortissimaque erat usus. His domi ob has causas amplissimos magistratus mandaverat atque eos extra ordinem in senatum legendos curaverat agrosque in Gallia ex hostibus captos praemiaque rei pecuniariae magna tribuerat locupletesque ex egentibus fecerat. Hi propter virtutem non solum apud Caesarem in honore erant, sed etiam apud exercitum cari habebantur; sed freti amicitia Caesaris et stulta ac barbara arrogantia elati despiciebant suos stipendiumque equitum fraudabant et praedam omnem domum avertebant. Quibus illi rebus permoti universi Caesarem adierunt palamque de eorum iniuriis sunt questi et ad cetera addiderunt falsum ab his equitum numerum deferri, quorum stipendium averterent.

[60]

Caesar neque tempus illud animadversionis esse existimans et multa virtuti eorum concedens rem totam distulit; illos secreto castigavit, quod quaestui equites haberent, monuitque, ut ex sua amicitia omnia exspectarent et ex praeteritis suis officiis reliqua sperarent. Magnam tamen haec res illis offensionem et contemptionem ad omnes attulit, idque ita esse cum ex aliorum obiectationibus tum etiam ex domestico iudicio atque animi conscientia intellegebant. Quo pudore adducti et fortasse non se liberari, sed in aliud tempus reservari arbitrati discedere a nobis et novam temptare fortunam novasque amicitias experiri constituerunt. Et cum paucis collocuti clientibus suis, quibus tantum facinus committere audebant, primum conati sunt praefectum equitum C. Volusenum interficere, ut postea bello confecto cognitum est, ut cum munere aliquo perfugisse ad Pompeium viderentur; postquam id difficilius visum est neque facultas perficiendi dabatur, quam maximas potuerunt pecunias mutuati, proinde ac si suis satisfacere et fraudata restituere vellent, multis coemptis equis ad Pompeium transierunt cum eis, quos sui consilii participes habebant.

[61]

Quos Pompeius, quod erant honesto loco nati et instructi liberaliter magnoque comitatu et multis iumentis venerant virique fortes habebantur et in honore apud Caesarem fuerant, quodque novum et praeter consuetudinem acciderat, omnia sua praesidia circumduxit atque ostentavit. Nam ante id tempus nemo aut miles aut eques a Caesare ad Pompeium transierat, cum paene cotidie a Pompeio ad Caesarem perfugerent, vulgo vero universi in Epiro atque Aetolia conscripti milites earumque regionum omnium, quae a Caesare tenebantur. Sed hi cognitis omnibus rebus, seu quid in munitionibus perfectum non erat, seu quid a peritioribus rei militaris desiderari videbatur, temporibusque rerum et spatiis locorum, custodiarum varia diligentia animadversa, prout cuiusque eorum, qui negotiis praeerant, aut natura aut studium ferebat, haec ad Pompeium omnia detulerunt.

[62]

Quibus ille cognitis rebus eruptionisque iam ante capto consilio, ut demonstratum est, tegimenta galeis milites ex viminibus facere atque aggerem iubet comportare. His paratis rebus magnum numerum levis armaturae et sagittariorum aggeremque omnem noctu in scaphas et naves actuarias imponit et de media nocte cohortes LX ex maximis castris praesidiisque deductas ad eam partem munitionum ducit, quae pertinebant ad mare longissimeque a maximis castris Caesaris aberant. Eodem naves, quas demonstravimus, aggere et levis armaturae militibus completas, quasque ad Dyrrachium naves longas habebat, mittit et, quid a quoque fieri velit, praecipit. Ad eas munitiones Caesar Lentulum Marcellinum quaestorem cum legione VIIII positum habebat. Huic, quod valetudine minus commoda utebatur, Fulvium Postumum adiutorem submiserat.

[63]

Erat eo loco fossa pedum XV et vallum contra hostem in altitudinem pedum X, tantundemque eius valli agger in latitudinem patebat: ab eo intermisso spatio pedum DC alter conversus in contrariam partem erat vallus humiliore paulo munitione. Hoc enim superioribus diebus timens Caesar, ne navibus nostri circumvenirentur, duplicem eo loco fecerat vallum, ut, si ancipiti proelio dimicaretur, posset resisti. Sed operum magnitudo et continens omnium dierum labor, quod milium passuum in circuitu XVII munitiones erat complexus, perficiendi spatium non dabat. Itaque contra mare transversum vallum, qui has duas munitiones coniungeret, nondum perfecerat. Quae res nota erat Pompeio delata per Allobrogas perfugas, magnumque nostris attulerat incommodum. Nam ut ad mare duo cohortes nonae legionis excubuerant, accessere subito prima luce Pompeiani; simul navibus circumvecti milites in exteriorem vallum tela iaciebant, fossaeque aggere complebantur, et legionarii interioris munitionis defensores scalis admotis tormentis cuiusque generis telisque terrebant, magnaque multitudo sagittariorum ab utraque parte circumfundebatur. Multum autem ab ictu lapidum, quod unum nostris erat telum, viminea tegimenta galeis imposita defendebant. Itaque cum omnibus rebus nostri premerentur atque aegre resisterent animadversum est vitium munitionis, quod supra demonstratum est, atque inter duos vallos, qua perfectum opus non erat, Pompeiani navibus expositi in aversos nostros impetum fecerunt atque ex utraque munitione deiectos terga vertere coegerunt.

[64]

Hoc tumultu nuntiato Marcellinus cohortes subsidio nostris laborantibus submittit ex castris; quae fugientes conspicatae neque illos suo adventu confirmare potuerunt neque ipsae hostium impetum tulerunt. Itaque quodcumque addebatur subsidii, id corruptum timore fugientium terrorem et periculum augebat; hominum enim multitudine receptus impediebatur. In eo proelio cum gravi vulnere esset affectus aquilifer et a viribus deficeretur, conspicatus equites nostros, "hanc ego," inquit, "et vivus multos per annos magna diligentia defendi et nunc moriens eadem fide Caesari restituo. Nolite, obsecro, committere, quod ante in exercitu Caesaris non accidit, ut rei militaris dedecus admittatur, incolumemque ad eum deferte." Hoc casu aquila conservatur omnibus primae cohortis centurionibus interfectis praeter principem priorem.

[65]

Iamque Pompeiani magna caede nostrorum castris Marcellini appropinquabant non mediocri terrore illato reliquis cohortibus, et M. Antonius, qui proximum locum praesidiorum tenebat, ea re nuntiata cum cohortibus XII descendens ex loco superiore cernebatur. Cuius adventus Pompeianos compressit nostrosque firmavit, ut se ex maximo timore colligerent. Neque multo post Caesar significatione per castella fumo facta, ut erat superioris temporis consuetudo, deductis quibusdam cohortibus ex praesidiis eodem venit. Qui cognito detrimento eum animadvertisset Pompeium extra munitiones egressum, castra secundum mare munire, ut libere pabulari posset nec minus aditum navibus haberet, commutata ratione belli, quoniam propositum non tenuerat, castra iuxta Pompeium munire iussit.

[66]

Qua perfecta munitione animadversum est a speculatoribus Caesaris, cohortes quasdam, quod instar legionis videretur, esse post silvam et in vetera castra duci. Castrorum sic situs erat. Superioribus diebus nona Caesaris legio, cum se obiecisset Pompeianis copiis atque opere, ut demonstravimus, circummuniret, castra eo loco posuit. Haec silvam quandam contingebant neque longius a mari passibus CCC aberant. Post mutato consilio quibusdam de causis Caesar paulo ultra eum locum castra transtulit, paucisque intermissis diebus eadem Pompeius occupaverat et, quod eo loco plures erat legiones habiturus, relicto interiore vallo maiorem adiecerat munitionem. Ita minora castra inclusa maioribus castelli atque arcis locum obtinebant. Item ab angulo castrorum sinistro munitionem ad flumen perduxerat circiter passus CCCC, quo liberius a periculo milites aquarentur. Sed is quoque mutato consilio quibusdam de causis, quas commemorari necesse non est, eo loco excesserat. Ita complures dies inania manserant castra; munitiones quidem omnes integrae erant.

[67]

Eo signa legionis illata speculatores Caesari renuntiarunt. Hoc idem visum ex superioribus quibusdam castellis confirmaverunt. Is locus aberat a novis Pompei castris circiter passus quingentos. Hanc legionem sperans Caesar se opprimere posse et cupiens eius diei detrimentum sarcire, reliquit in opere cohortes duas, quae speciem munitionis praeberent; ipse diverso itinere quam potuit occultissime reliquas cohortes, numero XXXIII, in quibus erat legio nona multis amissis centurionibus deminutoque militum numero, ad legionem Pompei castraque minora duplici acie eduxit. Neque eum prima opinio fefellit. Nam et pervenit prius, quam Pompeius sentire posset, et tametsi erant munitiones castrorum magnae, tamen sinistro cornu, ubi erat ipse, celeriter aggressus Pompeianos ex vallo deturbavit. Erat obiectus portis ericius. Hic paulisper est pugnatum, cum irrumpere nostri conarentur, illi castra defenderent, fortissime T. Pulieone, cuius opera proditum exercitum C. Antoni demonstravimus, eo loco propugnante. Sed tamen nostri virtute vicerunt excisoque ericio primo in maiora castra, post etiam in castellum, quod erat inclusum maioribus castris, irruperunt, quo pulsa legio sese receperat, et nonnullos ibi repugnantes interfecerunt.

[68]

Sed fortuna, quae plurimum potest cum in reliquis rebus tum praecipue in bello, parvis momentis magnas rerum commutationes efficit; ut tum accidit. Munitionem, quam pertinere a castris ad flumen supra demonstravimus, dextri Caesaris cornu cohortes ignorantia loci sunt secutae, cum portam quaererent castrorumque eam munitionem esse arbitrarentur. Quod cum esset animadversum coniunctam esse flumini, prorutis munitionibus defendente nullo transcenderunt, omnisque noster equitatus eas cohortes est secutus.

[69]

Interim Pompeius hac satis longa interiecta mora et re nuntiata V legiones ab opere deductas subsidio suis duxit, eodemque tempore equitatus eius nostris equitibus appropinquabat, et acies instructa a nostris, qui castra occupaverant, cernebatur, omniaque sunt subito mutata. Legio Pompeiana celeris spe subsidii confirmata ab decumana porta resistere conabatur atque ultro in nostros impetum faciebat. Equitatus Caesaris, quod angusto itinere per aggeres ascendebat, receptui suo timens initium fugae faciebat. Dextrum cornu, quod erat a sinistro seclusum, terrore equitum animadverso, ne intra munitionem opprimeretur, ea parte, quam proruerat, sese recipiebat, ac plerique ex his, ne in angustias inciderent, ex X pedum munitione se in fossas praecipitabant, primisque oppressis reliqui per horum corpora salutem sibi atque exitum pariebant. Sinistro cornu milites, cum ex vallo Pompeium adesse et suos fugere cernerent, veriti, ne angustiis intercluderentur, cum extra et intus hostem haberent, eodem, quo venerant, receptu sibi consulebant, omniaque erant tumultus, timoris, fugae plena, adeo ut, cum Caesar signa fugientium manu prenderet et consistere iuberet, alii admissis equis eodem cursu confugerent, alii metu etiam signa dimitterent, neque quisquam omnino consisteret.

[70]

His tantis malis haec subsidia succurrebant, quo minus omnis deleretur exercitus, quod Pompeius insidias timens, credo, quod haec praeter spem acciderant eius, qui paulo ante ex castris fugientes suos conspexerat, munitionibus appropinquare aliquamdiu non audebat, equitesque eius angustis spatiis atque his ab Caesaris militibus occupatis ad insequendum tardabantur. Ita parvae res magnum in utramque partem momentum habuerunt. Munitiones enim a castris ad flumen perductae expugnatis iam castris Pompei prope iam expeditam Caesaris victoriam interpellaverunt, eadem res celeritate insequentium tardata nostris salutem attulit.

[71]

Duobus his unius diei proeliis Caesar desideravit milites DCCCCLX et notos equites Romanos Tuticanum Gallum, senatoris filium, C. Fleginatem Placentia, A. Granium Puteolis, M. Sacrativirum Capua, tribunos militum et centuriones XXXII; sed horum omnium pars magna in fossis munitionibusque et fluminis ripis oppressa suorum in terrore ac fuga sine ullo vulnere interiit; signaque sunt militaria amissa XXXII. Pompeius eo proelio imperator est appellatus. Hoc nomen obtinuit atque ita se postea salutari passus est, sed neque in litteris scribere est solitus, neque in fascibus insignia laureae praetulit. At Labienus, cum ab eo impetravisset, ut sibi captivos tradi iuberet, omnes productos ostentationis, ut videbatur, causa, quo maior perfugae fides haberetur, commilitones appellans et magna verborum contumelia interrogans, solerentne veterani milites fugere, in omnium conspectu interfecit.

[72]

His rebus tantum fiduciae ac spiritus Pompeianis accessit, ut non de ratione belli cogitarent, sed vicisse iam viderentur. Non illi paucitatem nostrorum militum, non iniquitatem loci atque angustias praeoccupatis castris et ancipitem terrorem intra extraque munitiones, non abscisum in duas partes exercitum, cum altera alteri auxilium ferre non posset, causae fuisse cogitabant. Non ad haec addebant non concursu acri facto, non proelio dimicatum, sibique ipsos multitudine atque angustiis maius attulisse detrimentum, quam ab hoste accepissent. Non denique communes belli casus recordabantur, quam parvulae saepe causae vel falsae suspicionis vel terroris repentini vel obiectae religionis magna detrimenta intulissent, quotiens vel ducis vitio vel culpa tribuni in exercitu esset offensum; sed, proinde ac si virtute vicissent, neque ulla commutatio rerum posset accidere, per orbem terrarum fama ac litteris victoriam eius diei concelebrabant.

[73]

Caesar a superioribus consiliis depulsus omnem sibi commutandam belli rationem existimavit. Itaque uno tempore praesidiis omnibus deductis et oppugnatione dimissa coactoque in unum locum exercitu contionem apud milites habuit hortatusque est, ne ea, quae accidissent, graviter ferrent neve his rebus terrerentur multisque secundis proeliis unum adversum et id mediocre opponerent. Habendam fortunae gratiam, quod Italiam sine aliquo vulnere cepissent, quod duas Hispanias bellicosissimorum hominum peritissimis atque exercitatissimis ducibus pacavissent, quod finitimas frumentariasque provincias in potestatem redegissent; denique recordari debere, qua felicitate inter medias hostium classes oppletis non solum portibus, sed etiam litoribus omnes incolumes essent transportati. Si non omnia caderent secunda, fortunam esse industria sublevandam. Quod esset acceptum detrimenti, cuiusvis potius quam suae culpae debere tribui. Locum se aequum ad dimicandum dedisse, potitum esse hostium castris, expulisse ac superasse pugnantes. Sed sive ipsorum perturbatio sive error aliquis sive etiam fortuna partam iam praesentemque victoriam interpellavisset, dandam omnibus operam, ut acceptum incommodum virtute sarciretur. Quod si esset factum, futurum, uti ad Gergoviam contigisset, ut detrimentum in bonum verteret, atque qui ante dimicare timuissent, ultro se proelio offerrent.

[74]

Hac habita contione nonnullos signiferos ignominia notavit ac loco movit. Exercitui quidem omni tantus incessit ex incommodo dolor tantumque studium infamiae sarciendae, ut nemo aut tribuni aut centurionis imperium desideraret, et sibi quisque etiam poenae loco graviores imponeret labores, simulque omnes arderent cupiditate pugnandi, cum superioris etiam ordinis nonnulli ratione permoti manendum eo loco et rem proelio committendam existimarent. Contra ea Caesar neque satis militibus perterritis confidebat spatiumque interponendum ad recreandos animos putabat, et relictis munitionibus magnopere rei frumentariae timebat.

[75]

Itaque nulla interposita mora sauciorum modo et aegrorum habita ratione impedimenta omnia silentio prima nocte ex castris Apolloniam praemisit. Haec conquiescere ante iter confectum vetuit. His una legio missa praesidio est. His explicitis rebus duas in castris legiones retinuit, reliquas de quarta vigilia compluribus portis eductas eodem itinere praemisit parvoque spatio intermisso, ut et militare institutum servaretur, et quam serissime eius profectio cognosceretur conclamari iussit statimque egressus et novissimum agmen consecutus celeriter ex conspectu castrorum discessit. Neque vero Pompeius cognito consilio eius moram ullam ad insequendum intulit; sed eodem spectans, si itinere impeditos perterritos deprehendere posset, exercitum e castris eduxit equitatumque praemisit ad novissimum agmen demorandum, neque consequi potuit, quod multum expedito itinere antecesserat Caesar. Sed cum ventum esset ad flumen Genusum, quod ripis erat impeditis, consecutus equitatus novissimos proelio detinebat. Huic suos Caesar equites opposuit expeditosque antesignanos admiscuit CCCC; qui tantum profecerunt, ut equestri proelio commisso pellerent omnes compluresque interficerent ipsique incolumes se ad agmen reciperent.

[76]

Confecto iusto itinere eius diei Caesar traductoque exercitu flumen Genusum veteribus suis in castris contra Asparagium consedit militesque omnes intra vallum continuit equitatumque per causam pabulandi emissum confestim decumana porta in castra se recipere iussit. Simili ratione Pompeius confecto eius diei itinere in suis veteribus castris ad Asparagium consedit. Eius milites, quod ab opere integris munitionibus vacabant, alii lignandi pabulandique causa longius progrediebantur, alii, quod subito consilium profectionis ceperant magna parte impedimentorum et sarcinarum relicta, ad haec repetenda invitati propinquitate superiorum castrorum, depositis in contubernio armis, vallum relinquebant. Quibus ad sequendum impeditis Caesar, quod fore providerat, meridiano fere tempore signo profectionis dato exercitum educit duplicatoque eius diei itinere VIII milia passuum ex eo loco procedit; quod facere Pompeius discessu militum non potuit.

[77]

Postero die Caesar similiter praemissis prima nocte impedimentis de quarta vigilia ipse egreditur, ut, si qua esset imposita dimicandi necessitas, subitum casum expedito exercitu subiret. Hoc idem reliquis fecit diebus. Quibus rebus perfectum est, ut altissimis fluminibus atque impeditissimis itineribus nullum acciperet incommodum. Pompeius primi diei mora illata et reliquorum dierum frustra labore suscepto, cum se magnis itineribus extenderet et praegressos consequi cuperet, quarto die finem sequendi fecit atque aliud sibi consilium capiendum existimavit.

[78]

Caesari ad saucios deponendos, stipendium exercitui dandum, socios confirmandos, praesidium urbibus relinquendum necesse erat adire Apolloniam. Sed his rebus tantum temporis tribuit, quantum erat properanti necesse; timens Domitio, ne adventu Pompei praeoccuparetur, ad eum omni celeritate et studio incitatus ferebatur. Totius autem rei consilium his rationibus explicabat, ut, si Pompeius eodem contenderet, abductum illum a mari atque ab eis copiis, quas Dyrrachii comparaverat, abstractum pari condicione belli secum decertare cogeret; si in Italiam transiret, coniuncto exercitu cum Domitio per Illyricum Italiae subsidio proficisceretur; si Apolloniam Oricumque oppugnare et se omni maritima ora excludere conaretur, obsesso Scipione necessario illum suis auxilium ferre cogeret. Itaque praemissis nuntiis ad Cn. Domitium Caesar ei scripsit et, quid fieri vellet, ostendit, praesidioque Apolloniae cohortibus IIII, Lissi I, III Orici relictis, quique erant ex vulneribus aegri depositis, per Epirum atque Athamaniam iter facere coepit. Pompeius quoque de Caesaris consilio coniectura iudicans ad Scipionem properandum sibi existimabat: si Caesar iter illo haberet, ut subsidium Scipioni ferret; si ab ora maritima Oricoque discedere nollet, quod legiones equitatumque ex Italia exspectaret, ipse ut omnibus copiis Domitium aggrederetur.

[79]

His de causis uterque eorum celeritati studebat, et suis ut esset auxilio, et ad opprimendos adversarios ne occasioni temporis deesset. Sed Caesarem Apollonia a directo itinere averterat; Pompeius per Candaviam iter in Macedoniam expeditum habebat. Accessit etiam ex improviso aliud incommodum, quod Domitius, qui dies complures castris Scipionis castra collata habuisset, rei frumentariae causa ab eo discesserat et Heracliam, quae est subiecta Candaviae, iter fecerat, ut ipsa fortuna illum obicere Pompeio videretur. Haec ad id tempus Caesar ignorabat. Simul a Pompeio litteris per omnes provincias civitatesque dimissis proelio ad Dyrrachium facto latius inflatiusque multo, quam res erat gesta, fama percrebuerat, pulsum fugere Caesarem paene omnibus copiis amissis; haec itinera infesta reddiderat, haec civitates nonnullas ab eius amicitia avertebat. Quibus accidit rebus, ut pluribus dimissi itineribus a Caesare ad Domitium et a Domitio ad Caesarem nulla ratione iter conficere possent. Sed Allobroges, Roucilli atque Aeci familiares, quos perfugisse ad Pompeium demonstravimus, conspicati in itinere exploratores Domitii, seu pristina sua consuetudine, quod una in Gallia bella gesserant, seu gloria elati cuncta, ut erant acta, exposuerunt et Caesaris profectionem et adventum Pompei docuerunt. A quibus Domitius certior factus vix IIII horarum spatio antecedens hostium beneficio periculum vitavit et ad Aeginium, quod est oppidum obiectum Thessaliae, Caesari venienti occurrit.

[80]

Coniuncto exercitu Caesar Gomphos pervenit, quod est oppidum primum Thessaliae venientibus ab Epiro; quae gens paucis ante mensibus ultro ad Caesarem legatos miserat, ut suis omnibus facultatibus uteretur, praesidiumque ab eo militum petierat. Sed eo fama iam praecurrerat, quam supra docuimus, de proelio Dyrrachino, quod multis auxerat partibus. Itaque Androsthenes, praetor Thessaliae, cum se victoriae Pompei comitem esse mallet quam socium Caesaris in rebus adversis, omnem ex agris multitudinem servorum ac liberorum in oppidum cogit portasque praecludit et ad Scipionem Pompeiumque nuntios mittit, ut sibi subsidio veniant: se confidere munitionibus oppidi, si celeriter succurratur; longinquam oppugnationem sustinere non posse. Scipio discessu exercituum ab Dyrrachio cognito Larisam legiones adduxerat; Pompeius nondum Thessaliae appropinquabat. Caesar castris munitis scalas musculosque ad repentinam oppugnationem fieri et crates parari iussit. Quibus rebus effectis cohortatus milites docuit, quantum usum haberet ad sublevandam omnium rerum inopiam potiri oppido pleno atque opulento, simul reliquis civitatibus huius urbis exemplo inferre terrorem et id fieri celeriter, priusquam auxilia concurrerent. Itaque usus singulari militum studio eodem, quo venerat, die post horam nonam oppidum altissimis moenibus oppugnare aggressus ante solis occasum expugnavit et ad diripiendum militibus concessit statimque ab oppido castra movit et Metropolim venit, sic ut nuntios expugnati oppidi famamque antecederet.

[81]

Metropolitae primum eodem usi consilio isdem permoti rumoribus portas clauserunt murosque armatis compleverunt; sed postea casu civitatis Gomphensis cognito ex captivis, quos Caesar ad murum producendos curaverat, portas aperuerunt. Quibus diligentissime conservatis collata fortuna Metropolitum cum casu Gomphensium nulla Thessaliae fuit civitas praeter Larisaeos, qui magnis exercitibus Scipionis tenebantur, quin Caesari parerent atque imperata facerent. Ille idoneum locum in agris nactus, <ad frumentorum commeatus> quae prope iam matura erant, ibi adventum exspectare Pompei eoque omnem belli rationem conferre constituit.

[82]

Pompeius paucis post diebus in Thessaliam pervenit contionatusque apud cunctum exercitum suis agit gratias, Scipionis milites cohortatur, ut parta iam victoria praedae ac praemiorum velint esse participes, receptisque omnibus in una castra legionibus suum cum Scipione honorem partitur classicumque apud eum cani et alterum illi iubet praetorium tendi. Auctis copiis Pompei duobusque magnis exercitibus coniunctis pristina omnium confirmatur opinio, et spes victoriae augetur, adeo ut, quicquid intercederet temporis, id morari reditum in Italiam videretur, et si quando quid Pompeius tardius aut consideratius faceret, unius esse negotium diei, sed illum delectari imperio et consulares praetoriosque servorum habere numero dicerent. Iamque inter se palam de praemiis ac de sacerdotiis contendebant in annosque consulatum definiebant, alii domos bonaque eorum, qui in castris erant Caesaris, petebant; magnaque inter eos in consilio fuit controversia, oporteretne Lucili Hirri, quod is a Pompeio ad Parthos missus esset, proximis comitiis praetoriis absentis rationem haberi, cum eius necessarii fidem implorarent Pompei, praestaret, quod proficiscenti recepisset, ne per eius auctoritatem deceptus videretur, reliqui, in labore pari ac periculo ne unus omnes antecederet, recusarent.

[83]

Iam de sacerdotio Caesaris Domitius, Scipio Spintherque Lentulus cotidianis contentionibus ad gravissimas verborum contumelias palam descenderunt, cum Lentulus aetatis honorem ostentaret, Domitius urbanam gratiam dignitatemque iactaret, Scipio affinitate Pompei confideret. Postulavit etiam L. Afranium proditionis exercitus Acutius Rufus apud Pompeium, quod gestum in Hispania diceret. Et L. Domitius in consilio dixit placere sibi bello confecto ternas tabellas dari ad iudicandum eis, qui ordinis essent senatorii belloque una cum ipsis interfuissent, sententiasque de singulis ferrent, qui Romae remansissent quique intra praesidia Pompei fuissent neque operam in re militari praestitissent: unam fore tabellam, qui liberandos omni periculo censerent; alteram, qui capitis damnarent; tertiam, qui pecunia multarent. Postremo omnes aut de honoribus suis aut de praemiis pecuniae aut de persequendis inimicitiis agebant nec, quibus rationibus superare possent, sed, quemadmodum uti victoria deberent, cogitabant.

[84]

Re frumentaria praeparata confirmatisque militibus et satis longo spatio temporis a Dyrrachinis proeliis intermisso, quo satis perspectum habere militum animum videretur, temptandum Caesar existimavit, quidnam Pompeius propositi aut voluntatis ad dimicandum haberet. Itaque exercitum ex castris eduxit aciemque instruxit, primum suis locis pauloque a castris Pompei longius, continentibus vero diebus, ut progrederetur a castris suis collibusque Pompeianis aciem subiceret. Quae res in dies confirmatiorem eius exercitum efficiebat. Superius tamen institutum in equitibus, quod demonstravimus, servabat, ut, quoniam numero multis partibus esset inferior, adulescentes atque expeditos ex antesignanis electis ad pernicitatem armis inter equites proeliari iuberet, qui cotidiana consuetudine usum quoque eius generis proeliorum perciperent. His erat rebus effectum, ut equitum mille etiam apertioribus locis VII milium Pompeianorum impetum, cum adesset usus, sustinere auderent neque magnopere eorum multitudine terrerentur. Namque etiam per eos dies proelium secundum equestre fecit atque unum Allobrogem ex duobus, quos perfugisse ad Pornpeium supra docuimus, cum quibusdam interfecit.

[85]

Pompeius, qui castra in colle habebat, ad infimas radices montis aciem instruebat semper, ut videbatur, exspectans, si iniquis locis Caesar se subiceret. Caesar nulla ratione ad pugnam elici posse Pompeium existimans hanc sibi commodissimam belli rationem iudicavit, uti castra ex eo loco moveret semperque esset in itineribus, haec spectans, ut movendis castris pluribusque adeundis locis commodiore re frumentaria uteretur, simulque in itinere ut aliquam occasionem dimicandi nancisceretur et insolitum ad laborem Pompei exercitum cotidianis itineribus defatigaret. His constitutis rebus, signo iam profectionis dato tabernaculisque detensis animadversum est paulo ante extra cotidianam consuetudinem longius a vallo esse aciem Pompei progressam, ut non iniquo loco posse dimicari videretur. Tum Caesar apud suos, cum iam esset agmen in portis, "differendum est" inquit, "iter in praesentia nobis et de proelio cogitandum, sicut semper depoposcimus; animo simus ad dimicandum parati: non facile occasionem postea reperiemus"; confestimque expeditas copias educit.

[86]

Pompeius quoque, ut postea cognitum est, suorum omnium hortatu statuerat proelio decertare. Namque etiam in consilio superioribus diebus dixerat, priusquam concurrerent acies, fore uti exercitus Caesaris pelleretur. Id cum essent plerique admirati, "scio me," inquit, "paene incredibilem rem polliceri; sed rationem consilii mei accipite, quo firmiore animo in proelium prodeatis. Persuasi equitibus nostris (idque mihi facturos confirmaverunt), ut, cum propius sit accessum, dextrum Caesaris cornu ab latere aperto aggrederentur et circumventa ab tergo acie prius perturbatum exercitum pellerent, quam a nobis telum in hostem iaceretur. Ita sine periculo legionum et paene sine vulnere bellum conficiemus. Id autem difficile non est, cum tantum equitatu valeamus." Simul denuntiavit, ut essent animo parati in posterum et, quoniam fieret dimicandi potestas, ut saepe rogitavissent, ne suam neu reliquorum opinionem fallerent.

[87]

Hunc Labienus excepit et, cum Caesaris copias despiceret, Pompei consilium summis laudibus efferret, "noli," inquit, "existimare, Pompei, hunc esse exercitum, qui Galliam Germaniamque devicerit. Omnibus interfui proeliis neque temere incognitam rem pronuntio. Perexigua pars illius exercitus superest; magna pars deperiit, quod accidere tot proeliis fuit necesse, multos autumni pestilentia in Italia consumpsit, multi domum discesserunt, multi sunt relicti in continenti. An non audistis ex eis, qui per causam valetudinis remanserunt, cohortes esse Brundisi factas? Hae copiae, quas videtis, ex dilectibus horum annorum in citeriore Gallia sunt refectae, et plerique sunt ex coloniis Transpadanis. Ac tamen quod fuit roboris duobus proeliis Dyrrachinis interiit." Haec cum dixisset, iuravit se nisi victorem in castra non reversurum reliquosque, ut idem facerent, hortatus est. Hoc laudans Pompeius idem iuravit; nec vero ex reliquis fuit quisquam, qui iurare dubitaret. Haec cum facta sunt in consilio, magna spe et laetitia omnium discessum est; ac iam animo victoriam praecipiebant, quod de re tanta et a tam perito imperatore nihil frustra confirmari videbatur.

[88]

Caesar, cum Pompei castris appropinquasset, ad hunc modum aciem eius instructam animadvertit. Erant in sinistro cornu legiones duae traditae a Caesare initio dissensionis ex senatus consulto; quarum una prima, altera tertia appellabatur. In eo loco ipse erat Pompeius. Mediam aciem Scipio cum legionibus Syriacis tenebat. Ciliciensis legio coniuncta cum cohortibus Hispanis, quas traductas ab Afranio docuimus, in dextro cornu erant collocatae. Has firmissimas se habere Pompeius existimabat. Reliquas inter aciem mediam cornuaque interiecerat numeroque cohortes CX expleverat. Haec erant milia XLV, evocatorum circiter duo, quae ex beneficiariis superiorum exercituum ad eum convenerant; quae tot acie disperserat. Reliquas cohortes VII castris propinquisque castellis praesidio disposuerat. Dextrum cornu eius rivus quidam impeditis ripis muniebat; quam ob causam cunctum equitatum, sagittarios funditoresque omnes sinistro cornu obiecerat.

[89]

Caesar superius institutum servans decimam legionem in dextro cornu, nonam in sinistro collocaverat, tametsi erat Dyrrachinis proeliis vehementer attenuata, et huic sic adiunxit octavam, ut paene unam ex duabus efficeret, atque alteram alteri praesidio esse iusserat. Cohortes in acie LXXX constitutas habebat, quae summa erat milium XXII; cohortes VII castris praesidio reliquerat. Sinistro cornu Antonium, dextro P. Sullam, media acie Cn. Domitium praeposuerat. Ipse contra Pompeium constitit. Simul his rebus animadversis, quas demonstravimus, timens, ne a multitudine equitum dextrum cornu circumveniretur, celeriter ex tertia acie singulas cohortes detraxit atque ex his quartam instituit equitatuique opposuit et, quid fieri vellet, ostendit monuitque eius diei victoriam in earum cohortium virtute constare. Simul tertiae aciei totique exercitui imperavit, ne iniussu suo concurreret: se, cum id fieri vellet, vexillo signum daturum.

[90]

Exercitum cum militari more ad pugnam cohortaretur suaque in eum perpetui temporis officia praedicaret, imprimis commemoravit: testibus se militibus uti posse, quanto studio pacem petisset; quae per Vatinium in colloquiis, quae per Aulum Clodium eum Scipione egisset, quibus modis ad Oricum cum Libone de mittendis legatis contendisset. Neque se umquam abuti militum sanguine neque rem publicam alterutro exercitu privare voluisse. Hac habita oratione exposcentibus militibus et studio pugnae ardentibus tuba signum dedit.

[91]

Erat C. Crastinus evocatus in exercitu Caesaris, qui superiore anno apud eum primum pilum in legione X duxerat, vir singulari virtute. Hic signo dato, "sequimini me," inquit, "manipulares mei qui fuistis, et vestro imperatori quam constituistis operam date. Unum hoc proelium superest; quo confecto et ille suam dignitatem et nos nostram libertatem recuperabimus." Simul respiciens Caesarem, "faciam," inquit, "hodie, imperator, ut aut vivo mihi aut mortuo gratias agas." Haec cum dixisset, primus ex dextro cornu procucurrit, atque eum electi milites circiter CXX voluntarii eiusdem cohortis sunt prosecuti.

[92]

Inter duas acies tantum erat relictum spatii, ut satis esset ad concursum utriusque exercitus. Sed Pompeius suis praedixerat, ut Caesaris impetum exciperent neve se loco moverent aciemque eius distrahi paterentur; idque admonitu C. Triarii fecisse dicebatur, ut primus incursus visque militum infringeretur aciesque distenderetur, atque in suis ordinibus dispositi dispersos adorirentur; leviusque casura pila sperabat in loco retentis militibus, quam si ipsi immissis telis occurrissent, simul fore, ut duplicato cursu Caesaris milites exanimarentur et lassitudine conficerentur. Quod nobis quidem nulla ratione factum a Pompeio videtur, propterea quod est quaedam animi incitatio atque alacritas naturaliter innata omnibus, quae studio pugnae incenditur; hanc non reprimere, sed augere imperatores debent; neque frustra antiquitus institutum est, ut signa undique concinerent clamoremque universi tollerent; quibus rebus et hostes terreri et suos incitari existimaverunt.

[93]

Sed nostri milites dato signo cum infestis pilis procucurrissent atque animum advertissent non concurri a Pompeianis, usu periti ac superioribus pugnis exercitati sua sponte cursum represserunt et ad medium fere spatium constiterunt, ne consumptis viribus appropinquarent, parvoque intermisso temporis spatio ac rursus renovato cursu pila miserunt celeriterque, ut erat praeceptum a Caesare, gladios strinxerunt. Neque vero Pompeiani huic rei defuerunt. Nam et tela missa exceperunt et impetum legionum tulerunt et ordines suos servarunt pilisque missis ad gladios redierunt. Eodem tempore equites ab sinistro Pompei cornu, ut erat imperatum, universi procucurrerunt, omnisque multitudo sagittariorum se profudit. Quorum impetum noster equitatus non tulit, sed paulatim loco motus cessit, equitesque Pompei hoc acrius instare et se turmatim explicare aciemque nostram a latere aperto circumire coeperunt. Quod ubi Caesar animadvertit, quartae aciei, quam instituerat sex cohortium, dedit signum. Illi celeriter procucurrerunt infestisque signis tanta vi in Pompei equites impetum fecerunt, ut eorum nemo consisteret, omnesque conversi non solum loco excederent, sed protinus incitati fuga montes altissimos peterent. Quibus submotis omnes sagittarii funditoresque destituti inermes sine praesidio interfecti sunt. Eodem impetu cohortes sinistrum cornu pugnantibus etiam tum ac resistentibus in acie Pompeianis circumierunt eosque a tergo sunt adorti.

[94]

Eodem tempore tertiam aciem Caesar, quae quieta fuerat et se ad id tempus loco tenuerat, procurrere iussit. Ita cum recentes atque integri defessis successissent, alii autem a tergo adorirentur, sustinere Pompeiani non potuerunt, atque universi terga verterunt. Neque vero Caesarem fefellit, quin ab eis cohortibus, quae contra equitatum in quarta acie collocatae essent, initium victoriae oriretur, ut ipse in cohortandis militibus pronuntiaverat. Ab his enim primum equitatus est pulsus, ab isdem factae caedes sagittariorum ac funditorum, ab isdem acies Pornpeiana a sinistra parte circumita atque initium fugae factum. Sed Pompeius, ut equitatum suum pulsum vidit atque eam partem, cui maxime confidebat, perterritam animadvertit, aliis quoque diffisus acie excessit protinusque se in castra equo contulit et eis centurionibus, quos in statione ad praetoriam portam posuerat, clare, ut milites exaudirent, "tuemini," inquit, "castra et defendite diligenter, si quid durius acciderit. Ego reliquas portas circumeo et castrorum praesidia confirmo." Haec cum dixisset, se in praetorium contulit summae rei diffidens et tamen eventum exspectans.

[95]

Caesar Pompeianis ex fuga intra vallum compulsis nullum spatium perterritis dari oportere existimans milites cohortatus est, ut beneficio fortunae uterentur castraque oppugnarent. Qui, etsi magno aestu fatigati (nam ad meridiem res erat perducta), tamen ad omnem laborem animo parati imperio paruerunt. Castra a cohortibus, quae ibi praesidio erant relictae, industrie defendebantur, multo etiam acrius a Thracibus barbarisque auxiliis. Nam qui acie refugerant milites, et animo perterriti et lassitudine confecti, missis plerique armis signisque militaribus, magis de reliqua fuga quam de castrorum defensione cogitabant. Neque vero diutius, qui in vallo constiterant, multitudinem telorum sustinere potuerunt, sed confecti vulneribus locum reliquerunt, protinusque omnes ducibus usi centurionibus tribunisque militum in altissimos montes, qui ad castra pertinebant, confugerunt.

[96]

In castris Pompei videre licuit trichilas structas, magnum argenti pondus expositum, recentibus caespitibus tabernacula constrata, Lucii etiam Lentuli et nonnullorum tabernacula protecta edera, multaque praeterea, quae nimiam luxuriam et victoriae fiduciam designarent, ut facile existimari posset nihil eos de eventu eius diei timuisse, qui non necessarias conquirerent voluptates. At hi miserrimo ac patientissimo exercitui Caesaris luxuriam obiciebant, cui semper omnia ad necessarium usum defuissent. Pompeius, iam cum intra vallum nostri versarentur, equum nactus, detractis insignibus imperatoris, decumana porta se ex castris eiecit protinusque equo citato Larisam contendit. Neque ibi constitit, sed eadem celeritate, paucos suos ex fuga nactus, nocturno itinere non intermisso, comitatu equitum XXX ad mare pervenit navemque frumentariam conscendit, saepe, ut dicebatur, querens tantum se opinionem fefellisse, ut, a quo genere hominum victoriam sperasset, ab eo initio fugae facto paene proditus videretur.

[97]

Caesar castris potitus a militibus contendit, ne in praeda occupati reliqui negotii gerendi facultatem dimitterent. Qua re impetrata montem opere circummunire instituit. Pompeiani, quod is mons erat sine aqua, diffisi ei loco relicto monte universi iugis eius Larisam versus se recipere coeperunt. Qua re animadversa Caesar copias suas divisit partemque legionum in castris Pompei remanere iussit, partem in sua castra remisit, IIII secum legiones duxit commodioreque itinere Pompeianis occurrere coepit et progressus milia passuum VI aciem instruxit. Qua re animadversa Pompeiani in quodam monte constiterunt. Hunc montem flumen subluebat. Caesar milites cohortatus, etsi totius diei continenti labore erant confecti noxque iam suberat, tamen munitione flumen a monte seclusit, ne noctu aquari Pompeiani possent. Quo perfecto opere illi de deditione missis legatis agere coeperunt. Pauci ordinis senatorii, qui se cum eis coniunxerant, nocte fuga salutem petiverunt.

[98]

Caesar prima luce omnes eos, qui in monte consederant, ex superioribus locis in planitiem descendere atque arma proicere iussit. Quod ubi sine recusatione fecerunt passisque palmis proiecti ad terram flentes ab eo salutem petiverunt, consolatus consurgere iussit et pauca apud eos de lenitate sua locutus, quo minore essent timore, omnes conservavit militibusque suis commendavit, ne qui eorum violaretur, neu quid sui desiderarent. Hac adhibita diligentia ex castris sibi legiones alias occurrere et eas, quas secum duxerat, in vicem requiescere atque in castra reverti iussit eodemque die Larisam pervenit.

[99]

In eo proelio non amplius CC milites desideravit, sed centuriones, fortes viros, circiter XXX amisit. Interfectus est etiam fortissime pugnans Crastinus, cuius mentionem supra fecimus, gladio in os adversum coniecto. Neque id fuit falsum, quod ille in pugnam proficiscens dixerat. Sic enim Caesar existimabat, eo proelio excellentissimam virtutem Crastini fuisse, optimeque eum de se meritum iudicabat. Ex Pompeiano exercitu circiter milia XV cecidisse videbantur, sed in deditionem venerunt amplius milia XXIIII (namque etiam cohortes, quae praesidio in castellis fuerant, sese Sullae dediderunt), multi praeterea in finitimas civitates refugerunt; signaque militaria ex proelio ad Caesarem sunt relata CLXXX et aquilae VIIII. L. Domitius ex castris in montem refugiens, cum vires eum lassitudine defecissent, ab equitibus est interfectus.

[100]

Eodem tempore D. Laelius cum classe ad Brundisium venit eademque ratione, qua factum a Libone antea demonstravimus, insulam obiectam portui Brundisino tenuit. Similiter Vatinius, qui Brundisio praeerat, tectis instructisque scaphis elicuit naves Laelianas atque ex his longius productam unam quinqueremem et minores duas in angustiis portus cepit itemque per equites dispositos aqua prohibere classiarios instituit. Sed Laelius tempore anni commodiore usus ad navigandum onerariis navibus Corcyra Dyrrachioque aquam suis supportabat, neque a proposito deterrebatur neque ante proelium in Thessalia factum cognitum aut ignominia amissarum navium aut necessariarum rerum inopia ex portu insulaque expelli potuit.

[101]

Isdem fere temporibus C. Cassius cum classe Syrorum et Phoenicum et Cilicum in Siciliam venit, et cum esset Caesaris classis divisa in duas partes, dimidiae parti praeesset P. Sulpicius praetor ad Vibonem, dimidiae M. Pomponius ad Messanam, prius Cassius ad Messanam navibus advolavit, quam Pomponius de eius adventu cognosceret, perturbatumque eum nactus nullis custodiis neque ordinibus certis, magno vento et secundo completas onerarias naves taeda et pice et stuppa reliquisque rebus, quae sunt ad incendia, in Pomponianam classem immisit atque omnes naves incendit XXXV, e quibus erant XX constratae. Tantusque eo facto timor incessit, ut, cum esset legio praesidio Messanae, vix oppidum defenderetur, et nisi eo ipso tempore quidam nuntii de Caesaris victoria per dispositos equites essent allati, existimabant plerique futurum fuisse, uti amitteretur. Sed opportunissime nuntiis allatis oppidum est defensum; Cassiusque ad Sulpicianam inde classem profectus est Vibonem, applicatisque nostris ad terram navibus pari atque antea ratione Cassius secundum nactus ventum onerarias naves praeparatas ad incendium immisit, et flamma ab utroque cornu comprensa naves sunt combustae quinque. Cumque ignis magnitudine venti latius serperet, milites, qui ex veteribus legionibus erant relicti praesidio navibus ex numero aegrorum, ignominiam non tulerunt, sed sua sponte naves conscenderunt et a terra solverunt impetuque facto in Cassianam classem quinqueremes duas, in quarum altera erat Cassius, ceperunt; sed Cassius exceptus scapha refugit; praeterea duae sunt depressae triremes. Neque multo post de proelio facto in Thessalia cognitum est, ut ipsis Pompeianis fides fieret; nam ante id tempus fingi a legatis amicisque

Caesaris arbitrabantur. Quibus rebus cognitis ex his locis Cassius cum classe discessit.

[102]

Caesar omnibus rebus relictis persequendum sibi Pompeium existimavit, quascumque in partes se ex fuga recepisset, ne rursus copias comparare alias et bellum renovare posset, et quantumcumque itineris equitatu efficere poterat, cotidie progrediebatur legionemque unam minoribus itineribus subsequi iussit. Erat edictum Pompei nomine Amphipoli propositum, uti omnes eius provinciae iuniores, Graeci civesque Romani, iurandi causa convenirent. Sed utrum avertendae suspicionis causa Pompeius proposuisset, ut quam diutissime longioris fugae consilium occultaret, an ut novis dilectibus, si nemo premeret, Macedoniam tenere conaretur, existimari non poterat. Ipse ad ancoram unam noctem constitit et vocatis ad se Amphipoli hospitibus et pecunia ad necessarios sumptus corrogata, cognito Caesaris adventu, ex eo loco discessit et Mytilenas paucis diebus venit. Biduum tempestate retentus navibusque aliis additis actuariis in Ciliciam atque inde Cyprum pervenit. Ibi cognoscit consensu omnium Antiochensium civiumque Romanorum, qui illic negotiarentur, arma capta esse excludendi sui causa nuntiosque dimissos ad eos, qui se ex fuga in finitimas civitates recepisse dicerentur, ne Antiochiam adirent: id si fecissent, magno eorum capitis periculo futurum. Idem hoc L. Lentulo, qui superiore anno consul fuerat, et P. Lentulo consulari ac nonnullis aliis acciderat Rhodi; qui cum ex fuga Pompeium sequerentur atque in insulam venissent, oppido ac portu recepti non erant missisque ad eos nuntiis, ut ex his locis discederent contra voluntatem suam naves solverant. Iamque de Caesaris adventu fama ad civitates perferebatur.

[103]

Quibus cognitis rebus Pompeius deposito adeundae Syriae consilio pecunia societatis sublata et a quibusdam privatis sumpta et aeris magno pondere ad militarem usum in naves imposito duobusque milibus hominum armatis, partim quos ex familiis societatum delegerat, partim a negotiatoribus coegerat, quosque ex suis quisque ad hanc rem idoneos existimabat, Pelusium pervenit. Ibi casu rex erat Ptolomaeus, puer aetate, magnis copiis cum sorore Cleopatra bellum gerens, quam paucis ante mensibus per suos propinquos atque amicos regno expulerat; castraque Cleopatrae non longo spatio ab eius castris distabant. Ad eum Pompeius misit, ut pro hospitio atque amicitia patris Alexandria reciperetur atque illius opibus in calamitate tegeretur. Sed qui ab eo missi erant, confecto legationis officio liberius cum militibus regis colloqui coeperunt eosque hortari, ut suum officium Pompeio praestarent, neve eius fortunam despicerent. In hoc erant numero complures Pompei milites, quos ex eius exercitu acceptos in Syria Gabinius Alexandriam traduxerat belloque confecto apud Ptolomaeum, patrem pueri, reliquerat.

[104]

His tum cognitis rebus amici regis, qui propter aetatem eius in procuratione erant regni, sive timore adducti, ut postea praedicabant, sollicitato exercitu regio ne Pompeius Alexandriam Aegyptumque occuparet, sive despecta eius fortuna, ut plerumque in calamitate ex amicis inimici exsistunt, his, qui erant ab eo missi, palam liberaliter responderunt eumque ad regem venire iusserunt; ipsi clam consilio inito Achillam, praefectum regium, singulari hominem audacia, et L. Septimium, tribunum militum, ad interficiendum Pompeium miserunt. Ab his liberaliter ipse appellatus et quadam notitia Septimii productus, quod bello praedonum apud eum ordinem duxerat, naviculam parvulam conscendit cum paucis suis: ibi ab Achilla et

Septimio interficitur. Item L. Lentulus comprehenditur ab rege et in custodia necatur.

[105]

Caesar, cum in Asiam venisset, reperiebat T. Ampium conatum esse pecunias tollere Epheso ex fano Dianae eiusque rei causa senatores omnes ex provincia evocasse, ut his testibus in summa pecuniae uteretur, sed interpellatum adventu Caesaris profugisse. Ita duobus temporibus Ephesiae pecuniae Caesar auxilium tulit. Item constabat Elide in templo Minervae repetitis atque enumeratis diebus, quo die proelium secundum Caesar fecisset, simulacrum Victoriae, quod ante ipsam Minervam collocatum esset et ante ad simulacrum Minervae spectavisset, ad valvas se templi limenque convertisse. Eodemque die Antiochiae in Syria bis tantus exercitus clamor et signorum sonus exauditus est, ut in muris armata civitas discurreret. Hoc idem Ptolomaide accidit. Pergami in occultis ac reconditis templi, quo praeter sacerdotes adire fas non est, quae Graeci adyta appellant, tympana sonuerunt. Item Trallibus in templo Victoriae, ubi Caesaris statuam consecraverant, palma per eos dies inter coagmenta lapidum ex pavimento exstitisse ostendebatur.

[106]

Caesar paucos dies in Asia moratus, cum audisset Pompeium Cypri visum, coniectans eum in Aegyptum iter habere propter necessitudines regni reliquasque eius loci opportunitates cum legione una, quam se ex Thessalia sequi iusserat, et altera, quam ex Achaia a Q. Fufio legato evocaverat, equitibusque DCCC et navibus longis Rhodiis X et Asiaticis paucis Alexandriam pervenit. In his erant legionibus hominum milia tria CC; reliqui vulneribus ex proeliis et labore ac magnitudine itineris confecti consequi non potuerant. Sed Caesar confisus fama rerum gestarum infirmis auxiliis proficisci non dubitaverat, aeque omnem sibi locum tutum fore existimans. Alexandriae de Pompei morte cognoscit atque ibi primum e nave egrediens clamorem militum audit, quos rex in oppido praesidii causa reliquerat, et concursum ad se fieri videt, quod fasces anteferrentur. In hoc omnis multitudo maiestatem regiam minui praedicabat. Hoc sedato tumultu crebrae continuis diebus ex concursu multitudinis concitationes fiebant, compluresque milites in viis urbis omnibus partibus interficiebantur.

[107]

Quibus rebus animadversis legiones sibi alias ex Asia adduci iussit, quas ex Pompeianis militibus confecerat. Ipse enim necessario etesiis tenebatur, qui navigantibus Alexandria flant adversissimi venti. Interim controversias regum ad populum Romanum et ad se, quod esset consul, pertinere existimans atque eo magis officio suo convenire, quod superiore consulatu cum patre Ptolomaeo et lege et senatusconsulto societas erat facta, ostendit sibi placere regem Ptolomaeum atque eius sororem Cleopatram exercitus, quos haberent, dimittere et de controversiis iure apud se potius quam inter se armis disceptare.

[108]

Erat in procuratione regni propter aetatem pueri nutricius eius, eunuchus nomine Pothinus. Is primum inter suos queri atque indignari coepit regem ad causam dicendam evocari; deinde adiutores quosdam consilii sui nactus ex regis amicis exercitum a Pelusio clam Alexandriam evocavit atque eundem Achillam, cuius supra meminimus, omnibus copiis praefecit. Hunc incitatum suis et regis inflatum pollicitationibus, quae fieri vellet, litteris nuntiisque edocuit. In testamento Ptolomaei patris heredes erant scripti ex duobus filiis maior et ex duabus filiabus ea, quae aetate antecedebat. Haec uti fierent, per omnes deos perque foedera, quae Romae fecisset, eodem testamento plinamque populi Romani dedidicerant uxoresque duxerant, ex quibus plerique liberos habebant. Huc accedebant collecti ex praedonibus latronibusque Syriae Ciliciaeque provinciae finitimarumque regionum. Multi praeterea capitis damnati exulesque convenerant; fugitivis omnibus nostris certus erat Alexandriae receptus certaque vitae condicio, ut dato nomine militum essent numero; quorum si quis a domino prehenderetur, consensu militum eripiebatur, qui vim suorum, quod in simili culpa versabantur, ipsi pro suo periculo defendebant. Hi regum amicos ad mortem deposcere, hi bona locupletum diripere, stipendii augendi causa regis domum obsidere, regno expellere alios, alios arcessere vetere quodam Alexandrini exercitus instituto consuerant. Erant praeterea equitum milia duo. Inveteraverant hi omnes compluribus Alexandriae bellis; Ptolomaeum patrem in regnum reduxerant, Bibuli filios duos interfecerant, bella cum Aegyptiis gesserant. Hunc usum rei militaris habebant.

[111]

His copiis fidens Achillas paucitatemque militum Caesaris despiciens occupabat Alexandriam praeter eam oppidi partem, quam Caesar cum militibus tenebat, primo impetu domum eius irrumpere conatus; sed Caesar dispositis per vias cohortibus impetum eius sustinuit. Eodemque tempore pugnatum est ad portum, ac longe maximam ea res attulit dimicationem. Simul enim diductis copiis pluribus viis pugnabatur, et magna multitudine naves longas occupare hostes conabantur; quarum erant L auxilio missae ad Pompeium proelioque in Thessalia facto domum redierant, quadriremes omnes et quinqueremes aptae instructaeque omnibus rebus ad navigandum, praeter has XXII, quae praesidii causa Alexandriae esse consuerant, constratae omnes; quas si occupavissent, classe Caesari erepta portum ac mare totum in sua potestate haberent, commeatu auxiliisque Caesarem prohiberent. Itaque tanta est contentione actum, quanta agi debuit, cum illi celerem in ea re

Ptolomaeus populum Romanum obtestabatur. Tabulae testamenti unae per legatos eius Romam erant allatae, ut in aerario ponerentur (hic cum propter publicas occupationes poni non potuissent, apud Pompeium sunt depositae), alterae eodem exemplo relictae atque obsignatae Alexandriae proferebantur.

[109]

De his rebus cum ageretur apud Caesarem, isque maxime vellet pro communi amico atque arbitro controversias regum componere, subito exercitus regius equitatusque omnis venire Alexandriam nuntiatur. Caesaris copiae nequaquam erant tantae, ut eis, extra oppidum si esset dimicandum, confideret. Relinquebatur, ut se suis locis oppido teneret consiliumque Achillae cognosceret. Milites tamen omnes in armis esse iussit regemque hortatus est, ut ex suis necessariis, quos haberet maximae auctoritatis, legatos ad Achillam mitteret et, quid esset suae voluntatis, ostenderet. A quo missi Dioscorides et Serapion, qui ambo legati Romae fuerant magnamque apud patrem Ptolomaeum auctoritatem habuerant, ad Achillam pervenerunt. Quos ille, cum in conspectum eius venissent, priusquam audiret aut, cuius rei causa missi essent, cognosceret, corripi atque interfici iussit; quorum alter accepto vulnere occupatus per suos pro occiso sublatus, alter interfectus est. Quo facto regem ut in sua potestate haberet, Caesar efficit, magnam regium nomen apud suos auctoritatem habere existimans et ut potius privato paucorum et latronum quam regio consilio susceptum bellum videretur.

[110]

Erant cum Achilla eae copiae, ut neque numero neque genere hominum neque usu rei militaris contemnendae viderentur. Milia enim XX in armis habebat. Haec constabant ex Gabinianis militibus qui iam in consuetudinem Alexandrinae vitae ac licentiae venerant et nomen discivictoriam, hi salutem suam consistere viderent. Sed rem obtinuit Caesar omnesque eas naves et reliquas, quae erant in navalibus, incendit, quod tam late tueri parva manu non poterat, confestimque ad Pharum navibus milites exposuit.

[112]

Pharus est in insula turris magna altitudine, mirificis operibus exstructae; quae nomen ab insula accepit. Haec insula obiecta Alexandriae portum efficit; sed a superioribus regibus in longitudinem passuum a DCCC in mare iactis molibus angusto itinere ut ponte cum oppido coniungitur. In hac sunt insula domicilia Aegyptiorum et vicus oppidi magnitudine; quaeque ibi naves imprudentia aut tempestate paulum suo cursu decesserunt, has more praedonum diripere consuerunt. Eis autem invitis, a quibus Pharus tenetur, non potest esse propter angustias navibus introitus in portum. Hoc tum veritus Caesar, hostibus in pugna occupatis, militibus expositis Pharum prehendit atque ibi praesidium posuit. Quibus est rebus effectum, uti tuto frumentum auxiliaque navibus ad eum supportari possent. Dimisit enim circum omnes propinquas provincias atque inde auxilia evocavit. Reliquis oppidi partibus sic est pugnatum, ut aequo proelio discederetur et neutri pellerentur (id efficiebant angustiae loci), paucisque utrimque interfectis Caesar loca maxime necessaria complexus noctu praemuniit. In eo tractu oppidi pars erat regiae exigua, in quam ipse habitandi causa initio erat inductus, et theatrum coniunctum domui quod arcis tenebat locum aditusque habebat ad portum et ad reliqua navalia. Has munitiones insequentibus auxit diebus, ut pro muro obiectas haberet neu dimicare invitus cogeretur. Interim filia minor Ptolomaei regis vacuam possessionem regni sperans ad Achillam sese ex regia traiecit unaque bellum administrare coepit. Sed celeriter est inter eos de principatu controversia orta; quae res apud milites largitiones auxit; magnis enim iacturis sibi quisque eorum animos conciliabat. Haec dum apud hostes geruntur, Pothinus, nutricius pueri et procurator regni in parte Caesaris, cum ad Achillam nuntios mitteret hortareturque, ne negotio desisteret neve animo deficeret, indicatis deprehensisque internuntiis a Caesare est interfectus. Haec initia belli Alexandrini fuerunt.

CPSIA information can be obtained
at www.ICGtesting.com
Printed in the USA
BVHW031753050519
547413BV00001B/75/P